مجموعة قصصية

ثلابي وغربيب

فاطمة الزهراء العروسي

اسم الكتاب : ثُلاجي وغِرْبيب

تأليف : فاطمة الزهراء العروسي

تصميم الغلاف : آلاء نبيل " غيث "

الإخراج الفني : فريق عمل بصمة كاتب

تنسيق : سارة عيد

تصنيف الكتاب : مجموعة قصصية

المقاس : ١٤ × ٢٠

إصدار : ٢٠٢٣

رقم الإيداع : ٢٠٢٣/٣٠٠٦٤

مديرة الدار : حبيبة شبل

للتواصل والاستفسار / 01093187904

ثلاثي وغريب

الإهداء:

إلى الحالمين الذين توَعَّر عليهم الخُنُوع، تحت أشد الأنوار بريقا..... تمتنع أرواحهم إلا في الارتباط بأعطاف صَدَفٍ ورديّ، أرواحهم حَصِيفَة، سَاحرة، تشدو وحدها في سماء الواقع.

إلى تلك الروح التي صنعت المجد في عِز الأزمات إليّ "أنا".

المقدمة

عزيزي القارئ!

لقد عزفت لك معزوفة ذات لحن شجي وذات نغمات متنوعة، لعلك تجد نفسك هناك! أو لعل قصة من قصصي قد تكون عشتها أو مررت بها، اربط حزام الأمان وأبحر معي إلى أرض الخيال منسمة بالواقع هيا فلنبدأ الغوص!

عزلة الغابر خليل الكورونا.

تلاشت الكلمات وتبعثرت الحروف وتعالت الجروح، في حجرة منعزلة بعيدة عن ماخلفته الجائحة من ضجيج أحداث تروع النُّفوس، أجد نفسي منعزلة في مخلَّفات الماضي بوجه سافر لأسبح في بحر أفكاري إلى سنوات عجاف، لازلت أذكر تلك السنوات جيدا يوما بيوم فكيف لي أن أنسى أني كنت أسيرة الاكتئاب.

تلاشت قواي بين أقدامه لأكون تحت جناحه، معزولة بنفسي بعيدة عن أي شيء يقلق عزلتي، فقدت التواصل بمن حولي كرهت أناي، أصبحت عديمة الوجود فقط جسد بلا روح، لا شيء يريحني كنت متقلِّبة المزاج وكثيرة الصراخ لم أعرف مابي وكيف تغيرت حياتي إلى سراب. كنت مَحَطَّة أنظار أمي وحزنها تأتي إلى مكاني المظلم وتسألني أسئلة لا جواب لها في مخيلتي.

"مابك ابنتي! ما الذي يحدث معك ؟ لم تكوني هكذا أبدا أين هي ابنتي المجدة النشيطة ؟

كنت أجيب فقط والدموع تكتسح عيناي:

- لا أعرف يا أمي ليس لي جواب لأسئلتك، فقط أريد البقاء وحدي وسط مشاعري الجياشة ووحدتي القاهرة هذا ما أريده اذهبي و دعيني..

تغادر المسكينة مطأطأة الرأس لا حول ولا قوة لها لردعي و الخروج من سجني، كنت أحس بلسعة الشبح (الاكتئاب) تكتسح جسدي إنشا بإنش، فقد شبهته دائمًا بالمُدَجَّج .

كنت حينها أدَّعي الشجاعة والصمود لكي لا أرى دموع والداي وتحسُّر إخواني على حالتي ولكن القوة تسهل كتابتها ويسهل قولها فحتى الجبال تقف عاجزة أمام نحت الأمطار المتكرِّر فتسقط قطعا مبعثرة، يسهل القول وتسهل الكتابة ويصعب القول وحتى الكتابة عندما تجد نفسك تحتمي من النيران المشتعلة وتحاول الهروب دون أن يصيبك أيُّ شظا.

قاومت بمساعدة أخي فكان يُمْطِرُني بنصائحه الطويلة التي تنير ذاكرتي، لازلت أتذكر قوله لي :

"عوّدي نفسك على التشبت بالأفكار الإيجابية والتخلص من الأفكار السلبية".

فقد كانت كلماته تعزف سيمفونية لحن جديد في قلبي وفكري، كان يهديني الكتب التي تجسِّد حالتي والتي كانت في ذلك الوقت أنيسة وحدتي وسلاحي للتخلص من عزلة الاكتئاب، وفعلا بدأت أستعيد ذاتي شيئا فشيئا وتماثلت للشفاء وتخلصت من شظايا العزلة.

استيقظت من غفوة الغابر لأجد نفسي في عزلة خليلته، ها أنا ذي أعيش عزلة الكورونا شقيقة الماضي فهما خطان متصلان لا فرق بينهما كلاهما يؤديان إلى طريق واحدة الإختلاف فقط في الزمان و تنابذ الأحداث، عزلة تحت مايسمى بالحجر الصحي حقا تحول كل شيء إلى أمشاج انجبرنا على تقبل الجائحة، اشتقنا إلى نسمات الهواء النقي وتجمع العائلة والجيران وهلَّ علينا رمضان دون صلاة التراويح التي تبث فينا الراحة والسكينة والتخشع مع الإمام، صرنا في لحظة الانزواء ولا نعرف متى سيكون الخلاص وأي طريق سنسلك هل نقطة البداية أم نقطة الوصول، اشتقت إلى حضن أمي الدافئ وإلى مقولات أبي المضحكة وإلى تجمع إخواني على مائدة الإفطار انحرمت من كل هذا، اللعنة عليك يا كورونا التي جعلتني أعيش هذه العزلة المقيتة التي ذكرتني بالعاصفة التي مرت علي، ذوَقتني مرارة الماضي وعزلته.

على الأقل هناك ضوء خافت يضفي على قلبي الضياء وهي الكتابة وقراءة الكتب التي صارت منذ ذلك الوقت جزءاً لا يتجزأ من حياتي أضافت إلى عزلتي رونقا خاص يتغنى به كل الشعراء.

ولا نستطيع أن ننكر أن هذه العزلة أضفت علينا العديد من الأشياء التي لم نكن نحس بطعمها من قبل كتعلم أشياء جديدة واستغلال الوقت في ما يفيد ومعرفة ذواتنا أكثر وأكثر فهذه فرصة تأتي مرة في العمر، وأختم صفحات قصتي بمقولة أثلجت تفكيري؛

مهما طرقت الشتاء أبواب بيتي وحاصرتني تلال الجليد من كل مكان، سأنتظر الربيع و أفتح نوافذي لنسمات الهواء النقي، أرى سراب الطيور قد تعالت تغني، أرى الشمس وهي تلقي خيوطها الذهبية فوق أغصان الأشجار لتضع لي عمرا جديدا و حلما جديدا و قلبا جديدا، الغروب لا يحول دون شروق جديد.

التنمر شبح مميت

عمرها تسع سنوات فقط وتتمنى الموت! كيف ذلك؟ ما الذي حصل؟!

جنى طفلة ذات تسع سنوات تعاني من مرض تأخر النمو، تعرضت للتنمر من طرف زملائها بالمدرسة بسبب شكلها وطولها فقد كانت تتلقى كل الألفاظ القبيحة، منهم من يلقبها بالقزمة "القبيحة " وهناك من يقذفها بشتائم صعب لطفلة بعمرها أن تتقبلها، كانت المسكينة تتخبط وسط كل هذه الشتائم وما باليد حيلة، كانت تخاطب نفسها دائما:

" ليس ذنبي أن أكون هكذا؟ أنا أيضا تمنيت أن أكون طفلة طبيعية مثل كل الأطفال".

أخذها التفكير إلى ذلك اليوم الذي التحقت فيه بالمدرسة ودخلت فيه إلى القسم ليتم تقديمها كتلميذة جديدة بالمدرسة وتعالت نظرات الاستهزاء والسخرية.

اجتمع عليها التلاميذ وهم يرمقونها وقال أحدهم ساخرا: "إنك غريبة الأطوار!! أيتها القزمة "

ونطقت أخرى : "انظري إلى شكلك كم أنت بشعة ؟ انظري إلى رأسك إنه كبير هههههه....."

وبدأت بالضحك لتتوالى ضحكات الكل على مسامعها كضجيج قاتل وكخنجر مسموم يمزق قلبها إلى أشلاء وأخذت دموعها تتقاطر على وجنتيها وهي تسمع كل هذه القذائف و لا تستطيع أن تحرك ساكنا لمجابهتهم، لم يكتفوا بهذا بل نزلوا عليها بالضرب لأنهم لمسوا ضعفها، وكانت لا تستطيع أن تخبر أحدا، كانوا يهددونها إن أخبرت أحدا سيعاقبونها أشد العقاب، كانت تتعرض للتنمر طيلة فترة المدرسة لا أحد يشعر بمعاناتها ولا أحد يستطيع أن يغير شيئا فقد التزمت الصمت دائما.

لكن بلغ السيل الزبى، فقد كان ملجأها الوحيد هو "الموت "وتفكر دائما في الانتحار لترتاح من هذا المجتمع البائس ومن هذه الحياة البائسة. انفجرت في وجه والدتها وهي تبكي قائلة :

" سوف أقوم بقتل نفسي، لا أحد يقوم بفعل أي شيء حيال الأمر !........ "

"أريد أن أموت حالا، أريد أن أحطم رأسي بالزجاج، أن يطعنني أحد أو أن يقتلني أحد"

وصرخت في وجهها :

-حتى أنت لم تفعلي أي شيء لمساعدتي

فكيف للعقل أن يتقبل أن كل هذه الأفكار تأتي من طفلة ذات تسع سنوات، لم تستطع أمها التحمل وقررت نشر فيديو على مواقع التواصل الاجتماعي يظهر بكاء ابنتها بهدف إيصال رسالة شرح من خلال آثار التنمر على طفلتها قائلة :

"لدي طفلة حزينة للغاية بشكل دائم، هكذا يؤثر التنمر على طفلة عمرها تسع سنوات! ويجب علي أن أبقي عيني عليها دائما بسبب خوفي من محاولتها للانتحار، هذه نتيجة التنمر أيها الناس! هذا ما يفعله التنمر، أرجوكم قوموا بتعليم أولادكم وعائلاتكم وأصدقائكم لأن الأمر لا يحتاج سوى مرة واحدة وعندها ستسألون لماذا يقتل الأطفال أنفسهم؟ أريد أن يعرف الناس كم يؤلمنا هذا كأسرة أريد منهم أن يعلموا أولادهم ....".

كانت رسالة يائسة وجهتها أم إلى الناس فقد أثارت تعاطف الكثيرين في البلاد وحول العالم على نحو فاق التوقعات. وكانت الردود إيجابية :

- أنا أحبك كثيرا، وأصبحت الآن من العائلة

- نعم أريد أن أكون صديقة لك يا جنى

- عزيزتي أنت طفلة جميلة وتستحقين الأفضل وأعلم أن لك أصدقاء يحبونك من كل بقاع العالم

هكذا كانت الردود لتعزيز ثقتها بنفسها والتمتع بطفولة جيدة.

عندما يؤذيك الناس مرارًا وتكرارًا، فكر فيهم كأنهم مثل الرمل، قد يخدشك ويؤذيك قليلاً، لكن في النهاية، ينتهي بك الأمر مصقولًا وينتهي به الأمر إلى أن يكون عديم الجدوى وتذكر أن المتنمر خائف منك لأن لديك شيئا لا يملكه، وهذا ما يجعله يضايقك باستمرار، لذا لا تدع كلماته تؤثر عليك لأنه هو الذي يحتاج إلى الثقة وليس أنت.

***

صحوة ضمير

رفض كل مغريات الدنيا بكل معاصيها وشهواتها، هرب من هجير هذا العالم إلى وهج الإيمان، فوجد فيه الهناء والطمأنينة، والآن تقام جنازته أمام وفد هائل من الناس، والأب يهتف: "من أراد أن يعزيني في ولدي فليتفضل يذهب أما من جاء يهنأني ويبشرني فأهلا ومرحبا فأنا أسعد الناس اليوم" مالذي جعل هذا الأب يقول هذا الكلام؟ ماذا حصل ياترى؟

إنها قصة شاب قد تجاوز ٣٥ سنة من عمره، أحد مهربي المخدرات المشهورين في بلده، عاص لله بعيد كل البعد عن طاعته، سافر إلى الولايات المتحدة الأمريكية، عاش فيها ما يقارب ست سنوات بعيدًا عن أهله لا حس ولا خبر !!، إلى أن عاد بشكل آخر وبقلب جديد!.

كانت السعادة وراحة البال بالنسبة إليه هي اتباع ملذات الحياة، اتباع المحرمات والشهوات لكسب المال بأي طريقة وظل على ذاك الحال، ليصحو ضميره في تلك الليلة المظلمة، إذ كان يحتسي كأسا من الخمر ماسكا هاتفه يتفقد الأخبار إلى أن التقطت عيناه فيديو لشيخ يلقي محاضرة عن التوبة لايعرف متى ولا كيف وضع إصبعه على زر الدخول لتلتقط أذناه آية قالها ذاك الشيخ، «والله يريد أن يتوب عليكم ويريد الذين يتبعون الشهوات أن تميلوا ميلا عظيما».

ارتعش جسمه ليسقط الكأس من يده ولتبدأ الدموع تتقاطر من عينيه قطرة قطرة ويكاد ينفطر قلبه من الندم، نعم؛ ندم على كل ما فعله في الماضي، ندم على كل تلك الأيام بنهارها وبلياليها وحتى بساعاتها ودقائقها وهو بعيد كل البعد عن خالقه ليرفع يديه عاليا وعيناه تذرفان الدموع، "سامحني يا الله اعفُ عني يا الله إنك أنت التواب الرحيم".

بينما أمه وهي على سجادة الصلاة تبكي:

"يارب أرجِع ابني، أريد أن أراه، أريد أن أشم رائحة ولدي يا الله".

وابنها الآخر يربت على كتفها ويقول:

"يا أمي اجعلي الله جل وعلا يقضي أمره الكائن المقدر، فإن كان قد مات فلا تفجعي قلبك وإن كان حيا فسيعود وإن كان قد أعرض وابتعد فرجل قد كفاك الله شره، ألم يكن ابن نوح عليه السلام كافرا؟".

فقالت: "بلى."

فقال لها:

"إذا لا تجعلي قلبك يموت كمدا وحزنا على أخي".

وسبحان الله لم يمر على هذا الكلام ساعة حتى طرق الباب ليدخل منه الشاب محلق الرأس وهندامه الجميل والنور يشع من وجهه .... ماذا أصابك! قال: "ياجماعة دعوني .."

وذهب راكضا إلى أمه مباشرة وجلس يقبل قدميها ويبكي قائلا: "يا أمي أنا كنت عاصيا، أنا كفرت وتنصرت وتزوجت امرأة كافرة ولكن الله قذف في قلبي نور الإيمان وأنا الآن قد عدت إلى الإسلام. والله يا أمي ما ذقت سعادة ولا راحة ولا هناءً حتى أقبلت على القرآن مرة أخرى"

ذهب إلى غرفته التي كانت مغلقة منذ غيابه، أخذ يجمع أغراضه وملابسه ومجموعة من الأشرطة وصب عليها البنزين وأحرقها وهو يردد تعالوا انظروا إلى ذنوبي وهي تحترق .. وهي أسعد أيام عمري عندما أترك هذه الذنوب، وأتوب إلى الله عز وجل.

مرت أربعة أيام، فطلب من بعض المقربين أن يجمع كل أصدقائه التجار المدمنين على المخدرات في جلسة ونزهة فجلس يخاطبهم من كان يوزع عليكم المخدرات أنا، من كان يأتي لكم بالنساء العاهرات أنا، من كان يسقيكم من الخمر أنا؟ ياجماعة أنا وصلت إلى مالم تصلو إليه، أنا وصلت إلى سعادة تحوي قلبي وتملؤه سرورا، طلقو اهذه الدنيا، طلقوها ثلاثا وأعرضوا عنها، وأقبلوا إلى الله، وإذا بالعيون تدمع والأكثر منهم

يبكي...، وخلال أربع ساعات علمهم كيف يشحنون قلوبهم بالله ورسوله، مر اليوم الخامس، تدخل عليه والدته بعد صلاة الفجر وتفتح باب الغرفة وإذا هو ساجد ظنت أنه يصلي السنة وقد تأخر في الصلاة، انتظرت، ولكنه لم يتحرك، جاءت إليه اقتربت منه ودفعته فمال على نفسه فأدركت أنه ميت.

فنادت البنات والأولاد وهي تقول تعالوا انظروا إلى أخيكم، انظرو إليه فقد مات ساجدا، بعد أن كان أبعد ما يكون عن الله.

فقد كانو من الأغنياء والكبراء ومع ذالك لم يجدوا السعادة في الدنيا إلى أن جاءهم تائب إلى الله، رحمه الله وجعل مثواه الجنة.

إن الأعمار تنقضي يوما بعد يوم فلابد من المبادرة بالتوبة حتى لايفاجئك المرض أو الموت وأنت لم تعد العدة ولم تهيء الزّاد.

❊❊❊

كلمة القَدَر

مقتطف من القصة

لم يكن يعلم أن هذا اليوم سيكون نقطة تحول في حياته بهذا الشكل وكأن ما حدث غيّر كل شيء فيها ١٨٠درجة، سأنطلق في سرد الحكاية من هذا المقتطف فهذه القصة حدثت بالفعل.

تحكي القصة عن عائلة البرنيسي المتكونة من الزوج أحمد وزوجته زهرة و نجلهما "غالي" نشأت بين أحمد وزهرة علاقة حب وطيدة شبيهة بقصة "قيس وليلى"تتغنى بها العائلة وتعزف بأوتارها لحن أديب، كان أحمد يلقب بالموظف السامي الطموح، المتفاني في عمله وحبه الشديد لزوجته لدرجة الجنون، أما زهرة امرأة جميلة تعاني من مرض في الدماغ أفقدها الحركة وهي في عقدها الثالث، لم يتأفف أحمد بما حصل لها وتقبل مرضها بنفس راضية كان السند والداعم لها لم يحسسها بالنقص مطلقا.

في ليلة من الليالي، وهم في جلسة عائلية يتبادلون الأحاديث مع بعضهم قال مازحا وهو يخاطب زوجته :

"زهرتي سأتزوج عليك!".

أجهشت بالبكاء

ـ "هل ستتخلى عني؟ لم أعد زهرتك اليافعة وأنا بهذا الشكل عاجزة لا أستطيع أن أدير بيتي".

ندم على مزحته وخاطبها قائلا :

ـ "أنا أمزح يا زهرتي فأنا أهوج مجنون بحبك كيف لي أن أتخلى عنك يا بنفسجتي وأنت الروح التي تسكنني فكيف للروح أن تنفصل عن الجسد؟ فردت عليه و هي تمسح دموعها: "حقا تمزح!"

غمرته قائلة:

"أنت مسكِّن قلبي إلى حد الدواء وفي حبك أغوص إلى حد الارتواء دمت لي تاجا فوق الرأس".

وهكذا كانت حياتهم، حياة بسيطة مرهفة بالأحاسيس الجياشة نابعة بالصدق والوفاء.

في أحد الأيام كان أحمد يشعر بالتعب والوهن والعطش الشديد وضبابية الرؤية فقرر بإصرار من زوجته أن يذهب إلى الطبيب وبعد الفحوصات تبين أنه مريض بالسكري لم يقلقه الأمر فبالنسبة له يمكن التعايش معه، وفعلا تعايش معه ولكن لم يكن يهتم بصحته كثيرا فكان منهمكا بالعمل ومنشغلا براحة زوجته وتفاصيل حياة فلذة كبده غالي.

مرت الأيام، وهو عائد من العمل جرحت رجله ولم يعرها أي اهتمام كان فقط يضع لها مراهم، كان طوال الوقت بين العمل والبيت متناسيا جرحه إلى أن تفاقم الجرح مما جعله يذهب للمستشفى مكرها استقبله الطبيب و كشف عن الرضّة قائلا :

" للآسف لقد استشرى القرح وانتشرت العدوى في رجلك اليمنى وليس هناك حل سوى بترها".

فقد كان صدى هذه الكلمة يتكرر على مسامعه بترها، بترها.... غير مصدق، كانت بمثابة ضربة قاضية له وتعالى صوته بصرخة قوية تجسد النار المشتعلة بداخله مرددا:

"آآه آآه، قلبي يحترق يا الله إنني أحترق".

ظل يرددها بشكل تقشعر له الأبدان ودموعه تنهمر كزخات المطر، نعم يبكي!! لماذا؟ هل الدمع عيب من عيون الرجل؟ فحتى الجبال تسقط أحجارها، يا لها! من صدمة كبيرة لهذه الأسرة وهو من يقوم على خدمة زوجته الطريحة الفراش ويعيل ابنه من سيخدمه الآن؟

وهو في المستشفى أخفى عن زوجته موضوع البتر وبأنه فقط يتلقى العلاج وسيخرج، لأنه يعرف أنها لن تستطيع زيارته بالمستشفى، تغيّرت حياته رأسا على عقب، أصبح يعاني الأمرين هل يبكي على قدره؟ أم على زوجته!

جاء اليوم الذي سيجري فيه العملية، لم يكن يعلم أن هذا اليوم سيكون لحظة تحول في حياته وكأن ماحدث غير كل شيء فيها ١٨٠ درجة، وكأن القَدَر قال كلمته.

مر أسبوع على مكوثه بالمستشفى، خرج منه وذهب إلى بيت حماته التي ترعى زوجته أثناء غيابه، كانت صدمة كبيرة لزوجته، ضاعت الحروف في حلقها وغصّة اعتلت صدرها أطبقت على أنفاسها بشدّة عاجزة عن الكلام فكيف لها أن تتكلم وهي ترى ضعف زوجها أمام عينيها وهو صاحب اليد الحانية، صاحب القلب الكبير كان جوادا عطوفا كريما لا يشكو ولا يمنّ، والآن يشعر بالعجز ويحتاج لمن يساعده في قضاء حاجاته.

وها هما الاثنان في بيت أمها المسنة والتي تعاني من داء الرعاش فلا تقدر على أي شيء، لكن هناك دائما فسحة أمل أن لها أختا اسمها "ليلى" تعيش في البيت تخدم أختها المريضة وزوجها المبتورة قدمه تسهر على راحتهما وتحاول أن تنسيهما أحزانهما بكلامها المعسول الذي يبث في النفوس السكينة والراحة.

كان أحمد راضيا جدا بما حصل له وإيمانه جعله يتقبل ما أصابه بنفس راضية ويدعو الله في كل حين بل ويصبر زوجته التي تكاد تنهار من هول ما حدث لزوجها وحبيبها؛ أما غالي ابنهما المراهق لم يتقبل ماحدث لأبيه حينها ولكن استطاعت خالته ليلى أن تقنعه أن ما أصاب والده كان بمشيئة القدر. كان قد سألها وقتها ورجفة عنيفة سرت في ذاته لما تذكر الحالة التي وصل لها أحمد.

-"لماذا يحدث معي هكذا ما الذي سأفعله يا خالتي؟ الظهر الحامي لي صار عاجزا ..."

نظرت إليه خالته وهي تطبطب عليه ونطقت بنبرة حزينة:

-"لا تيأس ياغالي ولا تجعل الحياة تميتك بل اجعلها تقويك ماحدث لأحمد فهو قدر بمشيئة الله ... كن قويّا ليس من أجلك بل من أجل زهرة و أحمد قاوم لأجلهما وابعث

فيهما روح الأمل ......"

-"عن أيّ أمل تتحدثين! أشعر بالعجز والفشل يتملكني لا أستطيع المقاومة....."

-"الفشل يا بني مجرد هزيمة مؤقتة تستطيع أن تنهض بعدها إذا تعثرت فيه، فتبقى الحياة جشعة تأخذ منا أكثر مما تعطي، طبق عنادك بالعكس وعاند فشلك واهزمه، وأكيد ستخرج من المعركة رابحا....."

مطَّ شفتيه بحزن و قال بصوت مكلوم:

-"الشيء الذي يربكني تماما ليست مسألة الفشل فحسب بل حتى فقدان الرغبة"

زفر بضيق وأضاف بصوت مخنوق:

"صعب جدا أن تفقد الرغبة في المقاومة، تنام وتصحى تجد ذاك الشعور ينطفئ من صدرك وترجع الحياة في نظرك رتيبة حد الملل لا تستحق منك حتى مجهودا لكي تقاوم، تصبح حيا من أجل أن تكون حيا فقط".

ـ "كنت أظنك أقوى من هذا، تعلم ما الخطأ الذي نقع فيه دائماً! هو أن نعتقد أنّ الحياة ثابتة، وأنّه إذا اتخذنا في طريقنا رصيفاً معيّناً يجب أن نعبره حتّى النهاية، ولكنّ القدر خياله أوسع منا بكثير، ففي اللحظة التي تعتقد فيها أنّك في وضع لا مخرج منه، وعندما تصل إلى القمة النهائية لليأس، يتغيّر كل شيء في قبضة الريح، وينقلب كل شيء، وبين اللحظة والأخرى تجد نفسك تعيش حياةً جديدة .." ابتسمت وأضافت :

-"كل شيء يحدث معنا بمعيّة الله فعليك الإيمان بالقدر خيره وشرّه ...". رد عليها قائلا:

-"ونعم بالله......".

قد يبدو أن القدر الحتمي لشيء ما في حياتك مثل الحب أو الدراسة أو العمل ليس كما تمنيت أو خططت أو حلمت به طيلة عمرك وقد يستغرق حلمك أو تخطيطك وقتا طويلا للدراسة والعمل وعند عدم حدوثه تكون صدمتك الكبرى التي تشعر أنها كالسكين

الذي يطعن قلبك لينهي ما حلمت به لفترة طويلة ولكن بعد فترة من الزمن سواء قريبة أو بعيدة ستشعر بأنك لو امتكلت هذا الشيء لكان سببا رئيسيا في تعاستك.

يقول الشّاعر أبو القاسم الشابّي:

إذا الشعب يوماً أراد الحياة...

فلا بدّ أن يستجيب القدر...

ولا بدّ للّيل أن ينجلي ولا بدّ للقيد أن ينكسر...

إن الشمس لا تدعو أحداً ليراها، لنكن على قدر الشمس إذ تشرق، وعلى قدرها إذ تغرب.

❊❊❊

فك ضفائر البراءة

سأكتب بلا حبر ولا ورق ...بأنفاس حفيف الشجر وبهدير البحر...سأروي قصتي في الأفق عند الشمس الأصيل... وسأغرب مع غروبها وأتخذ من الليل رداءً خوفا من القمر ...، ذكريات أسيرة في البحر الغابر، سلب مني طفولتي وتقاليد بائدة دمرت كياني، سأروي قصتي بنفس شاهق وبعبير حارق وبإرادة قوية هزت عرش مستقبلي.

أنا هنادي ضحية من ضحايا التقاليد والأعراف التي تمارس علينا من طرف القبيلة، الزواج في سن مبكر، حكم علي بانهدام طفولتي وأنا في سن ١٢ سنة، كنت طفلة تعشق التعلم أخذوا مني الكتب وألبسوني ثوب العروس، لازلت أذكر لما دلف أبي إلى غرفتي المليئة بالكتب والدمى وقال بدون مقدمات: "غدا ستزفين إلى عريسك."

نظرت إليه وأجبته بصوت مكلوم:

"بابا لا أريد الزواج"

نعم، لقد كنت أعرف أن العادات البالية والتقاليد الخاطئة ستأتي يوماً لتنتشلني من بين كتبي التي عشقتها وحلمت بمستقبل باهر من خلالها، و يكون مصيري مثل بنات قريتي، كانوا يحضرونني دائمًا لهذا اليوم لم يبخلوا علي بالنصائح وكلمة أن البنت خلقت للزواج وليس لشيء آخر، سلبت منا كل الحقوق وكل الصلاحيات بالتمتع بطفولة جيدة.

لم يكترث بابا لي ورد قائلا:

"ستتزوجين غصبا عنك، شئت أم أبيت!!!"

ماذا أصبحت الآن يا ترى؟

لا أعلم! ولكن ما أعلمه أن قلبي عبارة عن فتاة صغيرة مع كل خيبة أمل تفقد جزءً منها، وبالتدريج تتحول من نقاء الأطفال إلى قلة الإحساس ومن ثم جمود المشاعر.

جاء اليوم الموعود، جهزوني وألبسوني لباس العروسة، دقت الطبول وتعالت الزغاريد، أحضروا الشيخ ليشيد جثمان طفولتي، تم الزواج دهسوا علي وصرت امرأة بجسد طفلة، حينها أيقنت بالمأساة التي تنتظرني، لم أكن أتخيل يوما أني سأتحمل كل هذه الأعباء والمسؤوليات وأنا بعمر الزهور، لم أطلب شيئا سوى أن أنعم بطفولة جيدة وبمستقبل مشرق، تعرضت للعنف المستمر من طرف زوجي لم يكن يعاملني جيدا، كدمية فقط يحركها متى شاء ومتى أراد؛ فكل يوم يتكرر نفس السيناريو يضربني بعصا غليظة ومهما صرخت لا يستمعون إليّ، كان من الممكن أن يقتلني أهلي إذا مسست شرف العائلة بمطالبتي الطلاق، صرت فقط أداة للتعنيف وإشباع رغباته، حاولت يوما أن أقنعه بأن يتركني أكمل تعليمي ونسجتُ حديثا معه لعله يرضخ لطلبي.

"أحمد، أريد أن أكمل تعليمي وأرفع رأسك في القرية".

استشاط غضبا ورد علي بكل سخرية:

"نعم، ماذا قلت للتو، إكمال دراستك هل أنت مجنونة؟أم تدعين الغباء؟ تعليم ماذا؟ ياطفلة في أحلامك فقط!"

_"ولكن...."

لم يتركني أنهي حديثي حتى رد:

" أتعلمين ماذا؟ أنت فقط مجرد نكرة، أهدتني إياها العادات والتقاليد، مكانك البيت لاغير".

لو فقط بيدي أن أداوي ذلك الجرح وأعود إلى البداية لكنت فعلت.

بالرغم من كل الإهانات التي تلقيتها في حياتي فلم أتوقف يوما عن الاستمرار والمحاولة تولدت لدي إرادة رهيبة في تغيير مصيري والمضي قدما نحو الأفضل.

لم أستسلم قط وطرقت كل الأبواب، حتى لمحت إحدى عماتي معاناتي والقوة الكامنة داخلي من أجل التغيير في أصنام التقاليد وتخليص بنات القرية من قيودها، فنصحتني بأن

أذهب إلى المحكمة، نفذت نصيحتها بدون تردد، وهناك اهتم القاضي بي بعدما حكيت له عن المعاناة التي عشتها وكيف غصبوني على الزواج باسم العادات والتقاليد، فقرر إيوائي في منزله ثلاثة أيام وحبس زوجي ووالدي، ولكن طلب الطلاق ليس سهلا وفقا للتقاليد والقواعد القبلية التي لها أولوية على القانون، فتطوعت المحامية "غادة" التي وكلها لي للدفاع عني، حتى حصلت على حكم بالطلاق، لتفتح بابا مغلقا أمامي، وبفضل الله تم الطلاق عن عمر يناهز ١٤سنة، أصبحت حرة طليقة، لم أعد أسيرة، صرت الآن كطائر "الكويتزال".

قررت بعد الطلاق مواصلة دراستي الثانوية والجامعية على الرغم من نظرة المجتمع الدونية "للمطلقات"، حيث وجدت نفسي أقف في وجه الإعصار، الذي لولا شجاعتي وإرادتي لما استطعت التغلب عليه.

انتقلت للعيش مع المحامية "غادة" التي تبنت قضيتي وكانت السند الأقوى لي، ساعدتني في إتمام دراستي حتى حصلت بفضلها على شهادة الثانوية بمعدل يفوق ٨٠ بالمئة، لتكون لي فرصة في متابعة الدراسة بأفضل الجامعات وأحصل بعد ذلك على شهادة التخرج في عالم الأزياء والتصميم، معلنة عن نجاحي الذي كان طريقا للانضمام إلى جمعية "حقوق وعدالة"، لأصير بعد ذلك ناشطة ومتطوعة جمعوية، هدفها تحرير وتغيير أصنام التقاليد بقريتها، أطلقت مشروع مكافحة زواج القاصرات.

هأنا اليوم ذات الثلاث والعشرين سنة، أحارب بشدة من أجل تحقيق النصر، تحت شعار: "الثقافة تمثل نوعا من الارادة....إرادة التمرد " ساعدت بتعاوني مع فريق الجمعية أكثر من ٢٧ حالة من زواج القاصرات.

بعد أن كنت مثل الورقة في مهب الريح، اشتدّ عودها وقوي ساعدها وتحولت خيباتها إلى نجاحات وخوفها إلى إرادة وطموحات، وقفت وصمدت لأصنع أجمل قصة للصمود.

❈❈❈

ثُلاجِيّ وغِرْبِيب

أبيض وأسود قصة غير متزنة، طريق واحدة وقطعة منها تُحْدث الفرق، مزيج غير متجانس، كل واحد ولحنه، معزوفة تتناثر على شكل لحن ناصع البياض مسالم ليأتي لحن آخر أسود قاتم يحاول الإطاحة به، خير وشر وكأننا بين بيادق الشطرنج، فمن الفائز ياترى!!!؟

أقْمَر وأدهم، غَمَار وغَيْهب لقَبوهم بالثنائي الرباعي لصداقتهم، بالرغم من اختلاف أسمائهم التي وصفوها بالغريبة إلا أنها تشكل رونقا مختلفا بالنسبة لهم، كان أقمر الشخص المسالم بينهم محبوب لدى الجميع لشدة نقاء قلبه، لايخلق أي مشاكل مع أي أحد عكسهم، الشيء الذي زرع في قلبهم الحقد والحسد اتجاهه، فكان ذنبه الوحيد هو أن قلبه كبياض الحليب.

مرّ الوقت بينهم يجتمعون مع بعض وفي كل لقاء كانوا ينافقونه ويرتدون عدة أقنعة في حضرة وجوده، حاولوا بكل الوسائل أن يخلقوا المشاكل في حياته وذلك في الخفاء ولكن كل محاولة منهم كانت تبوء بالفشل، فيرتدّ السواد داخلهم أكثر وأكثر؛ الشر مكنون مطمور تحت الرداء لا يفطنه إلا من يقرأ مافي القلوب.

ذات يوم اجتمع الثلاثة في غياب أقمر، وهناك بدأت الأفكار تتساقط عليهم كزخات المطر من أجل الإيقاع بالصديق العدو مثلما أطلقوا عليه، فأردفت الأحاديث تتوالى بينهم لينطق أدهم قائلا:

"وجدتها، وجدتها يا أصدقاء هذه المرة لن يفلت من خطتي."

"بسرعة ماهي الخطة أخبرنا؟!"

"لماذا أنت متعجل يا غيهب فالسرعة تقتل رويدا رويدا".

"هههههه، يعجبني اتزانك يا غمار، حسنا اسمعوا الخطة هي ...."

"يا ويحك أدهم!!! حثما سيلقى حتفه هذه المرة."

اتفقوا على الخطة ونظروا لبعض بنظرات شيطانية وغادروا المكان.

في صباح اليوم الموالي، اتصلوا بأقمر وأخبروه أنهم سيأخذونه إلى مكان لم يذهب إليه من قبل!!!! مكان يقع فوق بنايات ضخمة استغرب من المكان، ولكن لطيبة قلبه لم يعر الموضوع أي اهتمام وذهب معهم، فذهبوا به فوق خشبة وقال أدهم:

"انظر صديقي سنلعب لعبة شبيهة بلعبة الشطرنج ستكون أنت للأسف البيدق الأبيض الوحيد يعني ثلاثة ضد واحد ...."

"كيف لم أفهم ؟!!!!"

"ستفهم صديقي ستفهم لا عليك"

"هيا يا غمار اذهب أنت إلى ذاك الطرف لكي نتوازن وغيهب ستظل ورائي، أما أنت يا أقمر ستظل في الوسط."

لوح غمار بيده مردفا:

"ها قد وصلت"

بينما أدهم قد أخذ المنشار وبدأ يصنع دائرة به في الوسط فوق الخشبة، تحت نظرات استغراب أقمر

"صديقي ماذا تفعل، لما كل هذا ؟!!!"

ليجيبه غيهب ويشير إليه:

"هاهاها، ستموت بعد قليل لن يبقى لك وجود، سنراك تقع من الأعالي."

ظل في مكانه لم يحرك ساكنا، لكن الإرادة والقدرة الإلهية تحميه من كيدهم، (وَيَمْكُرُونَ وَيَمْكُرُ اللَّهُ وَاللَّهُ خَيْرُ الْمَاكِرِينَ)، الله سبحانه وتعالى يحميه والدليل هو المكان الذي يقف عليه وبالتالي كلهم سيقعون شر أفعالهم وشر نواياهم، سيسقطون والله خير

الحافظين بسبب نيته وإيمانه، طيبته وأمور كثيرة ولكن الظالم سيعظُ على يده، وسوف يجدون حتفهم بسبب سوء أعمالهم؛ قطعة دائرية من الخشبة كانت كافية أن يفقدوا التوازن الذي كانوا عليه، ليسقطوا هم الثلاثة ويلقون حتفهم، عكسه هو ظل فوق السارية صاغ سليم فصدق من قال: "من حفر حفرة لأخيه وقع فيها" وكأنه يقول لهم كِش ملك، انتهت اللعبة!

بذرة الشر تهيج ولكن بذرة الخير تثمر، إن الأولى ترتفع في الفضاء سريعا ولكن جذورها في التربة قريبة، حتى تحجب عن شجرة الخير النور والهواء، ولكن شجرة الخير تظل في نموها البطيء لأن عمق جذورها في التربة يعوضها عن الدفء والهواء؛ الشر حبل قصير تأخذنا أعاليه إلى أسفل الأرض، علينا أن نتعلم العزف على لحن خالٍ من الحقد والحسد، أن نمشي بين دروب السلام والأمان الداخلي، وأن يدق القلب فقط لمعزوفة الخير.

***

وصمة قهر

مقهورة أنا !! في خاطري بوح يبكي الورود النرجسية إن تكلمت ندمت وإن التزمت الصمت قهرت، ظلمتني الأيام وقسى علي الزمن لم يعد للحياة طعم في أيامي الباقية، لاحنين يرأف بي ولا حياة تنصفني، يتيمة أنا الآن، فقبل كنت تحت جناحي والداي.

هزيلة أنا بين دروب الحرمان، اعتنقت كنف القهر والظلم من باطن العَوَز المدقع.

قبل سنتين من الآن كنت أعيش حياة عادية دافئة؛ فجأة تغير كل شيء !!!

لازلت أتذكر، ذهبت إلى الجامعة توادعت معهم أو بالأحرى توادعوا معي وكأنهم أخبروني أنهم ذاهبون، ودعتهم بابتسامة :

"إلى اللقاء ماما، بابا، أراكم في المساء ".

"مع السلامة حبيبتي، اهتمي بنفسك".

ذهبت وأنا غير مدركة لما سيحصل!

ذاك المساء الباكي، وأنا أخطي خطواتي إلى الحي الذي أقطن فيه، توارى على مسامعي صوت سيارة الإطفاء، والدخان غطى عن المكان، وأنا أقول مع نفسي ما الذي يحصل؟ ركضت مسرعة وإذا بي أجد أن الحريق شنّ في بيتنا بالكامل على إثره فقدت والداي، لم أصدق وصرخت صرخة قهر، لتنهال الدموع على وجنتاي، لم أتحمل، فقدت دفئي وخَسرت حياتي، لم يعد لي مكان أحتمي فيه ؟ أصبحت يتيمة الأبوين، من سيكون خَدِيني الآن؟

ها أنا ذي أتكئ على أحد جدران البنايات الخالية فقد أصبحت هي مكاني الذي أحتمي فيه من شدة الرياح ومن زخات المطر، وقساوة الجو، التجأت إليها لما لم أجد صدرا يحميني حتى الأقارب تخلو عني، وتصدقوا علي بقطع نقدية وكأنها ستسد جميع

احتياجاتي، لقد بلغت هاوية الفقر، انحدرت من العيش على الكفاف إلى الجوع والفقر .

لم يكن لدي أي خيار غير أن أمدَّ يدي، فمن سيرضى أن أشتغل عنده بدون شهادة، وهناك من سيطمع بي لأنّي فتاة، مددت يدي لعلي أجد قوتا يروي عطشي ويسدّ جوعي، فكنت دائما أمر بجانب البيوت وأطلب الصدقة فهناك من يدلني وهناك من يشفق على حالي، فكنت أمر كل يوم من أمام الناس أطلب منهم المساعدة ولكنهم كانوا يردونني ولا يعطوني المال، فكنت أمرّ بجانب المطاعم وأشم رائحة الخبز الزكي، فأحس بعصافير بطني تزقزق لأني لم أتناول شيء سوى مخلفات حاوية الأزبال، فترجيت صاحب المطعم قائلة:

"سيدي أرجوك ناولني فقط قضمة خبز لأسّد بها جوعي.."

وتتوالى الألقاب على مسامعي :

"إذهبي، من هنا يا لك من مقززة رائحتك كريهة اوو ...انصرفي ستزعجين الزبائن .."

"أرجوك سيدي، قطعة فقط ارحم من في الأرض يرحمك من في السماء ...."

"اذهبي بعيدا من هنا يا لك من متشردة مزعجة...."

تنهدت بحسرة، سقطت مني دمعتي وليست كباقي الدموع دمعة سقطت من عيوني هزت كياني وحركت وجداني دمعة أحسست انني سأسقط على الأرض من قوتها دمعة قهر وحزن دمعة تمنيت أن لا أراها بعيني أو ألمسها بيدي دمعة كادت تحرق قلبي لم أعد أحتمل هذا القلب، لقد أتعبني البكاء، تعودت عيناي الدموع، انصرفت من المكان، فكفاني مذلة، رفعت يداي إلى السماء بدموع قاهرة :

"يارحمان يارحيم ، إرأف من حالي يا الله، كن معي يا الله، كفاني قهر يارب، فقد ابتليتني فارحمني يا الله، ارحمني، فالقهر دمرّ وجودي يارحيم، عبادك يا الله غير رحيمون بالضعيف، عبادك قد تمردوا يا أرحم الراحمين، فأنا أمّة لا حول لي ولا قوة خذني عندك يا رب، دعوتك فاستجب لدعوة أمّتك الضعيفة يارب..."

فأدرفت ذاهبة إلى المكان الذي سيقبل على وجودي، وأنا معلولة المشاعر مثل كل يوم، لا أدري ماذا أفعل حتى يغلبني النوم الذي صرت لا أستشعر حلاوته .

وفي صباح اليوم الموالي، بينما أنا مارّة في شوارع المدينة كعادتي قابلت سيدة من مظهرها تبدو غنية، فقلت في قرارة نفسي لعلها تحس بي وتمدني بالمساعدة فهي أنثى مثلي لعلي أجد فيها حنانا يعتريني، اقتربت منها وقلت لها :

" سيدتي، يا سيدتي لو سمحت اقرضيني بعض المال، أشتري به القليل من الأكل" .

فقالت لي للأسف :

"لن اعطيك أي نقود، فأنت متشردة حمقاء ، ولا تعرفين معنى المسؤولية. "

يا لها من فظة قاسية القلب !!!

"صحيح انني فقيرة ومتشردة متسولة ولكن لدي كرامة سأدافع عنها حتى الموت، أنت مجرد غنية جشعة تملك الكثير من المال ."

غضبت من كلامي ولكنها لم تهتم بي كثيراً وأكملت طريقها تسب وتلعن، فعلا خابت كل توقعاتي .

أليس هناك حقا رحمة في البشر!!؟

وبينما أنا في خلوة من تفكيري حطت يد على كتفي أيقضتني من هفوات ذكريات الغابر، التفت وإذا بي أجد سيدة عجوز تحدق بي، فقمت من مكاني فكثرة الإذلال الذي مر علي، قلت أنها منزعجة من وجودي وتريد أن تطردني من كرسي الحديقة ولكن كانت المفاجأة!!!!

"أين أنت ذاهبة يا صغيرتي اجلسي".

قالت صغيرتي لم تستهزأ بي كالآخرين حتى أنها لم يقلقها مظهري نطقت والحيرة تتملكني :

"سيدتي، لاعليك، تعودت سأذهب لكي لا أقلق راحتك".

"ومن قال أنك تزعجيني، اجلسي وخذي مني".

كانت تحمل كيسا به أكل، فأخذته وفتحته وبدأت بالأكل لأني كنت أتضور جوعا.

"شكرا لك، أنت مختلفة عنهم، جزاك الله خيرا".

"لا عليك صغيرتي، خذي هذه النقود واعتني بنفسك".

أخذت النقود كان مبلغا جيدا سيكفيني لسدّ حاجياتي، شكرتها ودعيت معها أن يزيد في عمرها ومن شدة الفرح ركضت مسرعة بدون أن أنتبه إلى الشارع وفجأة !!!!

نعم لقد صدمتها سيارة، وتركتها جثة هامدة؛ فلقد استجاب الله لدعوتها، أن يخلصها من عذاب القهر بعد أن جعلها سعيدة لهنيهة من الزمن .

إنّ الأيام دول، فهي لا تدوم على حال، ولا تدوم لإنسان.

طيف أم

لكل منا إحساس صادق ومشاعر جياشة فتقلب هذه المشاعر مابين حب وكره وشفقة وعطف، ولكن أصدق هذه المشاعر هي حب الأم لأولادها وأسماها وأشرفها هو الأم لولدها وحبه له.

غابة كبيرة مفروشة ببساط طبيعي وممر طويل يلامس قدميها، أشعر بطقطقتهما وهي تخطو خطوة خطوة ماسكة يد والدها، أشم عبق رائحتها الياسميني، تدغدغ طيفي بيديها الصغيرتين، ملاكي الصغير شعرت بوجودي، تخاطب روحي بتمتمة:

"ممم ما ما..."

"ياروح ماما ...".

"كيف حالك عزيزتي أتشتاقين لي؟ أعرف أنك تستطيعين سماعي، وتحسين بوجودي تركتك وأنت رضيعة، ولازالت رائحتك كما هي، أعرف أن والدك يحدثك عني، سأقص عليك قصة "الطفلة الأعجوبة"، بطلتها أنت حبيبتي".

أذكر لما اكتشفت أنني حامل بك كم غمرتني السعادة حينها، كانت سعادة لاتوصف اشتريت كل مايخصك بكل حب، حتى أنني جهزت غرفتك ولونتها بيدي بلون زهري، اقتنيت ملابس أطفال زهرية بلمسات حب لطيفة لتشعري بالأمان، اخترت لك اسم "ملك" لأنك كنت ملاكا أضفى النور لحياتي، كانت فترة الحمل صعبة جدا لم تكوني مهذبة كنت دائما تشاغبين في بطني، لم أشكو يوما بل احتضنتك بكل هيام .

ذاك اليوم لما ذهبت أنا ووالدك إلى الطبيبة لأسمع دقات قلبك وهي تخاطبني:

"أتسمعين، هذه دقات قلب البنوتة، ماشاءالله صحتها جيدة ".

أجبتها والدموع تنغمر من عيني لجمال الصوت:

"أجل دكتورة سمعتها، الحمد لله".

كانت دقات قلبك بمثابة سيمفونية لحن أديب، تغنى بها قلبي واهتز بها كياني، كان إحساسا لايوصف، حتى أنني وثقت كل لحظة من حملي منذ الأسبوع الأول بمذكرة زهرية خاصة بك أسميتها "ملاكي" تحمل في ثناياها الكثير من المعاني والأحاسيس.

مرت الأيام والشهور وأنا أطوق إلى موعد ولادتك وأحملك بين يدي، وأخطط لمستقبلنا معا حتى جاء اليوم الموعود، جهزت كل مايخصك بالحقيبة واتجهنا إلى المستشفى، مستلقية على سرير الولادة ووالدك بجواري، يده في يدي، مثل باقي الثنائيات في يوم الولادة .

لم أكن أتوقع يوما أنني سأكون طيفا يلاحقك فقط ؟

في غرفة العمليات،اكتشف الأطباء أنني مصابة بحالةٍ نادرة لا يمكن الوقاية منها تُدعى انسداد السائل السلوي، أي السائل الذي يحيط الجنين.

شرحت الطبيبة حينها لي أن في هذه الحالة:

"السائل الذي يحيط الجنين أو يحيط قسماً من بشرته أو شعره يدخل مجرى دم الأم، ما يسبّب توقُّف عن عمل أعضاء جسمها في شكلٍ كارثي"، لافتةً إلى "أننا لا نعلم كيف نقيك من الأمر، ولا كيف أن نمنع الأمر من الحصول أساساً؟"

جرّاء حالتي، بدأت دقات قلبك تنخفض تلقائياً داخل رحمي، فوقعت الطبيبة تحت خيارٍ صعب وردت :

" هل تريدين إجراء عملية جراحية قيصرية لإنقاذ حياة الطفلة أو التأخير وإنقاذ حياتك...؟ "

حسمت الأمر بسرعة طالبةً إجراء العملية القيصرية لإنقاذك، على الرّغم من أن الأمر سيقتلني وأجبت :

"فلتعش هي ..."

نعم، ضحيت بحياتي من أجل أن تحظي بحياة جميلة، فأنا عشت من الحياة ما يكفي؛ فوُلِدْتِ ملاكي وسمعت صرخاتك فوضعوك في حضني كانت رائحتك طبيعية كعبق الياسمين، استنشقتها لأول وآخر مرة فقبلتك قبلة الوداع آملة أن تعيشي حياة سعيدة وأن لا تحزني لعدم وجودي، توفيت في غرفة العناية المركّزة بعد دقائق قليلة، وكلماتي الأخيرة لوالدك كانت:

"اهتم بها و أ خب رها ك م أح ب ها .، و د ا عا...".

أعلم أن والدك قد يكون شعر بالاحباط حينها، خصوصاً أنه لا يعلم كيف يُخبرك بالأمر وكيف سيشرح لك عندما تكبرين؟

كيف سيقول لك أنني مت لتعيشي أنت؟ سيكون قد فكّر بالأمر طوال الوقت دائمًا وأبدا.

لكن لاعليك اقتصرت عليه المسافات وأخبرتك خلسة لعلكي تسمعيني، أحبك ملاكي الطاهر.

ماعدت الآن سوى طيفٍ يلاحقك أينما رحلتي وارتحلتي، طيف يعانق خيالك، سأقاسمك قوت يومك في صباحك ومسائك، وسباتك...

سأقاسمك مشاعرك وفكرك وأحلامك

لعلك تصورين ملامحي في رسوماتك....

فعندما تصمتين ستسمعين طريق خطواتي في صومعة ذاتك ....

ستشاهدين طيفي يقترب من مداراتك....

سأقترب لتغدي شريان قلبك من لهفة فقداني.... ستكونين ساحرة عندما تجعلين نبض قلبك يرتعش بوجود طيفي، حينها ستعلمين أنني خيال، فسأكون مجرد طيف يسكن خيالك ....

سأكون بقلبك دائمًا، لاتحزني، ولا تبكي على فراقي، تحدثي معي لعلي أسمعك وأحس بوجودك مثل الآن، فقط أحبيني ولا تنسي أُمّا ضحت بحياتها من أجلك، أمّا لم تكن معك في أول خطواتك ولم تشاركك كل تفاصيل نموك، أمٌّ لم تكن معك في مرضك ولا حتى في قول أول كلمة تنطقينها وهي "ماما" ولن تكون معك في يوم تخرجك ولن تشاركك فرحته، فقط ستراقب من بعيد، ستكون روحي بروحك عزيزتي، اهتمي بنفسك ولا تتعبي والدك .

فردت الطفلة بتلعثم :

"مم ما ما ".

ليلتفت لها الأب قائلا :

" أمك نجمة في السماء حبيبتي ، موجودة دائمًا معك في قلبك و بروحك أنت يا ملاكي، فلترقد روحها بسلام ".

إنّ أرقّ الألحان وأعذب الأنغام لا يعزفها إلا قلب الأم، هي كل شئ في هذه الحياة هي التّعزية في الحزن، الرّجاء في اليأس والقوة في الضّعف....

هي إحساس ظريف، وهمس لطيف، وشعور نازف بدمع جارف.

نعمةُ الأُم هي النّعمةُ الوحيدةُ التي لا تُشترى ولا تُستَبدل، فبوجودِ الأُم تحلو الحياة في عيون جميع من حولها، فهي الوحيدة التي تزرعُ السعادةُ، والتّفاؤل، والمحبّة بين أفراد أسرتها؛ وبفقدها تخلو الحياة من ذلك البريق، والأمل، والمحبة.

❋❋❋

كلنا مختلفون

سأنسج سطور قصتي من حفيف الاختلاف في العادات والتقاليد، إذ تختلف من شعب إلى آخر، فالذي يجوز في بلد ما يمكن أن يُعتبر تصرفاً غير مقبول أو غير لائق في بلد آخر وما هو شائع لدى شعب، يكون محرماً عند شعب آخر، لذلك، فإن عدم الاطلاع على تلك الاختلافات، يؤدي في كثير من الأوقات إلى ارتكاب العديد من الأخطاء، التي يمكن وصفها بالهفوات الكبيرة التي تخرّب العلاقات.

ذات يوم ، كنت مسافرة في رحلة عمل على متن حافلة، وأثار انتباهي سيدة بزي مختلف غير كل المسافرين، صعدت و جلست بجانبي وانتابني الفضول تجاهها وقتها ولكن بسرعة تداركت الأمر!!

حتى نادتني :

"عفوا سيدتي، هل ممكن أن تعطيني قنينة ماء نسيت أن أحضرها معي".

"نعم تفضلي".

حينها قررت أن أشن معها حديثا لكي أرضي فضولي وأستشف سرّ اختلافها !!!!

"عفوا، هل أنت من هذه المدينة".

"لا لست منها أنا من الصحراء المغربية".

"تشرفت بمعرفتك سيدتي، هل هذا سبب ارتدائك لهذا الزي؟."

"نعم آنستي، فهو الذي نتميز به بمنطقتنا ونطلق عليه "الزي الصحراوي" إذ يجعلنا نختلف عن الآخرين."

"نعم فهمت، نحن نختلف عنكم أيضا في منطقة الشرق ونرتدي زي خاص بنا مختلف ولكن ليس بشكل رسمي فقط بالمناسبات ونطلق عليه "الزي الأمازيغي المغربي" وأهم ما

يميز المرأة المغربية الأمازيغية عن باقي النساء هي تجملها بالحلي والأكسسوارات الأمازيغية العريقة التي قد تكون عند الأمازيغية متوارثة منذ القدم، فهي لا تتجمل مع الزي الأمازيغي بالمكياج أو بالألماس أوالذهب،

بل بالحلي التقليدي "الفضة".

"جميل سيدتي، فلا يمكن أن نتشابه فكل منطقة تختلف عن أخرى، فأينما وليت وجهك تجدين تقاليد وثقافات تختلف من جهة إلى أخرى، فثقافات الصحراء بالجنوب المغربي تختلف عن ثقافات الشمال، وثقافات الغرب تختلف عن ثقافات المشرق، وكذلك بوسط جبال الأطلس هناك ثقافات تختلف تماما عن الثقافات الأخرى، فلكل واحد منهم عاداته وتقاليده، فمثلا نحن ليس فقط نختلف معكم في الزي بل حتى في اللهجة، فلهجتنا مختلفة عن لهجتكم ."

حقا بدأت أروي لهفتي من إكتشاف إختلاف العادات والتقاليد بين منطقتي ومنطقتها فلم أكتفِ بهذا القدر وحاولت أن أكمل حديثي معها قبل الوصول، لعلي أجد أشياء أكثر لأشبع وعيي، فوعي الاختلاف والفرادة كما قال "أدونيس" خاصية يتميز بها الإنسان وحده بين المخلوقات كلها، قتل هذا الوعي بحجة أو بأخرى، بشكل أو بآخر، إنما هو نوع من نزع إنسانية الإنسان، ومن الهبوط به إلى مستوى الكائنات غير العاقلة.

فأتممت الحديث مردفة:

- " نعم سيدتي، أتفق معك فالاختلاف هو من يميزنا وهو سمة جميلة تعبر عن اختلاف فرد عن الأخر، فأكثر ما نتميز به في المنطقة هو لهجتنا "الأمازيغية"، التي تجعلنا ننفرد عن باقي المناطق."

- "اممم جميل، بالنظر إلى مجتمعنا الصحراوي ستجدين أن أكثر ما يميزه هو ثقافة شرب الشاي، إذ يحرص أهل الصحراء على احترام تقاليد إعداده، فعادة ما تقام في مجالس ومناسبات خاصة، فله دلالات رمزية وأسطورية، فأهمية الشاي بالنسبة لهذا المجتمع وفي عموم الصحراء المغربية، لا تكمن في قيمته كمشروب، بالقدر الذي تتصل برموزه الثقافية،

حيث يمثل علامة بارزة للبرهنة على الكرم وحسن الحفاوة، كما أنّه من أوْلى ما يستحسن أن يستقبل به المدعو عند استضافته، ولهذا يقلَ أن تجدين بيتاً صحراوياً لا يتوفر على كمية كبيرة من مادة هذا المشروب الغالي ذي المكانة الكبيرة في نمط تفكير الناس وأسلوب عيشهم".

"حقا !!! لم أكن أعرف أن الشاي عندكم لديه معنى بهذا المنطق، فنحن أيضا نحضر الشاي ولكن لا نعتبره بهذه الأهمية مثلكم ..."

" أضيفي أيضا، أن زمن الالتفاف حول صينية « الشاي » تكون في الغالب أثناء الليل، باعتباره اللحظة المحببة للنفوس والساعة التي يحلو فيها السهر والمسامرة، إذ يستحيل أن تقام جلسة في الليل من دونها؛ أي الصينية كما هو معروف، لكونها مركز الاجتماع والاستمتاع بأطيب الأقاويل في الشعر والحكمة، وفي تبادل الأحاديث والنقاشات في الأمور التي تهم الحياة بشكل عام.. وكلما كان عدد الأفراد الحاضرين في الجماعة كثيراً، ازدادت فرصة الاستئناس باللحظة أكثر وتقوي حظوظ تبادل الإفادات في الجلسة".

"يال الاختلاف !!! جميلة هي تقاليدكم وكيف تنظرون إلى الأمور بأشياء مغايرة عنا، فنحن أيضا لدينا طقوس خاصة بنا وخصوصا بعيد رأس السنة الأمازيغية إذ تختلف من مكان لآخر، حيث يختلف أمازيغ شمال المغرب عن جنوبه، إلا أن بعض الطقوس العامة تتمثل في إعداد طبق الكسكس."

لقد وصلت الحافلة ولم أشعر بمرور الوقت،

لاستمتاعي بهذا الموضوع الملهم فودعتها قائلة :

"فرصة سعيدة آنستي، استمتعت بالحديث معك، لاتشبهيني ولكن رغم هذا أحببتك، أحببت هذا الاختلاف الذي جذبني نحوك ."

الحب مابعد الخمسين

تنفس الصباح بنسائم الفجر العليل، ابتسم النهار كما ابتسم الليل قبل رحيله واستنارت القلوب والنفوس والأرواح.

يقال أن "الحب لا يعرف عمراً"، فالحب مشاعر دافئة تجتاح قلوب المحبين بغض النظر عن أعمارهم.

يا أميرتي ياجميلتي ياسيدة كل النساء......

لاتتركي يدي ودعينا نبحر في بحر الحب ....

ليغرق قلبي من شدة الهيام .....

دعيني أغرق في بحر عيناك...

أثلجي قلبي بحنين الاشتياق ....

لاتتركيني في وحدتي فالابتعاد عنك إبتلاء.....

سأكون معك برغبتك ....

وكما مولاتي تشاء ....توجتك ملكة على عرش قلبي ....

فهل تقبلين...؟؟

هل تقبلين أن تشاركيني بحر الغرام....؟

يا أميرتي ياجميلتي ياسيدة كل النساء ...

حبك أذاب فؤادي ورعش قلبي ...

أحبك يا مولاتي... فهل تقبلين؟

كلمات خطتها أنامل الحاج أحمد لزوجته فاطمة بكل حب وود للتعبير عن حبه لها، كلمات جاحتها عواطف جياشة، لتتوالى على مسامعها كسيمفونية لحن جميل، فأصدرت بريقا من الزمن مشرق الجبين، لتحكي عن قصة أذابت كل مشتاق حزين، لتتوالى الذكريات بين سطور الحكاية.

كان حينها أحمد شابا في الثلاثين من عمره يعيش مع أمه وأبيه وكان مستواه المادي جيدا ومتقنا في عمله وصاحب خلق و قد بلغ سن زواجه وكان يبحث عن شريكة عمره وحياته وقام أهله بترشيح زوجة له من أقاربه وقبل الشاب وتقابلا وحدث بينهما توافق كبير فقد كانت فاطمة ذات خلق ومعرفة وذكية ومحبوبة من الناس فأحبها سريعا وكان يقدرها وتم الزواج بسرعة وسهولة في حفل زفاف بسيط جمع الأهل والأصدقاء وعاش الزوجان حياة هادئة وحبا يفيض منهما و استمر ذلك الحب مع توالي السنين، وأنجبت فاطمة الأبناء فتوالت الأحداث من تربية لدراسة لزواج الأبناء، فتم التخلي عنهم وتركهم لوحدهم لم يشعر أحمد ولا حتى فاطمة بالوحدة فقد استمرا معا، فقصة الحاج أحمد وزوجته فاطمة عنوانها الحب النقي، التضحية والصبر جمعتهم المودة والرحمة بالرغم من التقدم في السن لم يتخلوا عن بعض بل أكملوا الطريق سوية بدون كلل ولا ملل، بالرغم من الصعوبات والمشاكل التي واجهاها أكملا الطريق؛ قصتهم أشعلت لهيب الزمن وشقت درب الكمال، عبرت عن سعادة غامرة وأحيت مشاعر دفينة، فهما الآن زوجان عجوزان يعبران طريقا واحدة وطويلة، خطوة خطوة لكبر سنهما، وهما يخلقان الأحاديث بدردشة دافئة فيقول أحمد بنبرة ساخرة:

"هيا ، ياعجوزتي تحركي لقد كبرت في السن ولا تستطيعين المشي..."

"بالراحة علي يا أحمد .... كف عن المزاح ألم تعقل بعد ؟".

رد بقهقهة :" هههههه ، وكيف يمكنني ذلك ياصاحبة اليدين المجعدتين، أتصدقين كم غريب هذا الزمان ابتعد عنا الأبناء، وها نحن نمشي على هذه الطريق الوعرة لوحدنا بدون خوف، ألا تشعرين بالوحدة وأنت مع رجل عجوز ممل مثلي؟! ههه".

" لازلت مثل ما أنت لم يغير فيك الشيب شيئا، كيف يمكنني أن أمل وأنا معك، ألم تمل من طرح السؤال نفسه علي بعد كل هذه السنين، اعقل يا أحمد ".

"أتذكرين أيامنا يا فاطمة آه على تلك الأيام، لما رأيت فيك وردة قلبي وأحلامي، وتزوجتك صدقيني لم أندم قط فقد كنت لي الزوجة الودودة والأخت الصدوقة، لم تشكي يوما، تخل عني الكل وحتى أبنائي فارقوني وأنت لم تفارقيني يوما، والدليل ها نحن نتمشى مع بعض رغم أننا كبرنا في السن لم يغير منك الزمن شيئا سوى أن الشيب زادك جمالا وحتى أنت عجوز لا زلت أراك كأنك شابة في العشرين هههههه".

ردت عليه بنبرة يتملكها الحياء وابتسامة يعلوها الخجل:

" آه منك يازوجي العجوز، لن تعقل أبدا، وهل يمكنني أن أنسى تلك الأيام لما كنت فارس زمانك أذكر كل كلماتك الجميلة التي خطتها أناملك لتعبر لي عن مودتك لي، كنت كاتبا موهوبا حينها أتذكر ؟".

"كنت ...!! سامحك الله يافاطمة، كنت ولا زلت كلاما عنك دعيني أسمعك شيئا ونحن نمشي في هذا الصباح الباكر لتخلّدي هذه الذكرى أيضا اسمعي".

أيا ريح الصباح، خذيني لبيت سكنته طوعا... وجلست على عرشه متربعا بين قلب محبوبتي.....

أيا ريح الصباح، أعشقها فماذا بعد عيناها سأهوى ياترى.....؟؟

أيا ريح الصباح، إن قلت أحبها، يغار الحب من شدة حبي لها، ويركع الولع على ركبتيه احتراما لولعي بها.

أيا ريح الصباح، قولي لها أنها وحدها من تملك قلبي وروحي وجميع أفكاري، وقتي وكل أوقاتي، وحدها، واكتفيت بها وهنيئا للعالم بباقي نسائه، ما رأيك الآن! هل أنت على كلامك أني كنت ؟"

"لقد أخجلتني، سأقول لك، صحيح أنك كبرت في السن ولكن لازال داخلك الشاب الذي أحببته فلم يفتروا حينما قالوا أن الحب لايعرف عمرا".

الحب هو أن ترى الحياة يانعة تنتعش بألوان البهجة، وأنهار الفرح العذبة الفياضة، التي لا تجف، ولا يقف هديرها، هو أن تعيش حياتك في ربيع دائم لا ينقطع، فيكون الحب بسمة يحسُّها الوجدان، ونسيم يصنعه الحنان، وعطف يخرج من الأعماق، وصفاء ينبع كرائحة الزهور عند لقاء الربيع.

فالحب الصادق في القلب الطاهر، كزهرة في فصل الربيع، لا يأتيها الصيف القاتل، ولا يخدشها البرد القارص، ولا يقصفها الخريف المدمر.

نجاح من رحم المعاناة

ركبت سلما غير سلمي واتجهت إلى طريق لتحقيق المراد بلغت أشد أنواع العقبات وسلكتها، مررت بمحطات غير محطتي فقط من أجل الوصول، صعدت الدرج بالرغم من الجرح وململمته واستمريت في الصعود لعلي أجد العبور وأصل إلى مبتغاي، تحطمت قطع الذهب الخاصة بي لتنقسم إلى أجزاء، يصعب تجميعها، فبدأت بالترميم شيئا فشيئا حتى وصلت إلى آخر الدرج وصعدت إلى أعلى المنصة لينسدل الستار علي وأنا أتلاعب بقطعات الذهب بكل مهارة وكأن كل ما حدث معي كان أوهام، ليشاهدني جمهور حاشد يراقبني لتتوالى الهتفات والتصفيقات، كلها علامات تدل على أنني وصلت إلى قمة النجاح، لكن لا يأتي هذا النجاح من فراغ فقد تكوّن من هفوات وعتبات طويلة، فلو تصفحنا سير الناجحين من حولنا لوجدنا أن كل واحد منهم لديه قصة حبلى بالمعاناة رافقت بدايته وساهمت بصنع النجاح الذي يعيش فيه الإخفاقات وقود ودافع للمثابرة، إن الأجنحة التي لا ترفرف لا تطير، فمن أراد أن يمخر عباب السماء فعليه أن يتحمل الألم، فهو الذي سيحمله للأعلى.

هكذا كان نجاحي أيضا ولد من رحم المعاناة، فسأنسج قصتي من خيوط الذكريات لأقربكم من كنف المعاناة إلى الوصول لأحضان النجاح.

اسمي كايلي أصبت بالتهاب جرثومي في السحايا و لم أتجاوز الـ ١٩ عام، وفقدت قدماي الاثنتين بسبب ذلك، وكانت حينها حالتي النفسية سيئة للغاية، وكنت أعيش فترات عصيبة، لا أرى في المستقبل أي تفاؤل وأمل.

في تلك الفترة تحطمت أحلامي في كل شئ، لا أعرف كيف أفعل لأواجه هذا العالم المرير، أنظر إلى كل الأمور في ذلك الوقت نظرة سوداوية، كل من كان من حولي ينظر إلي بتلك النظرة التشيئية ونظرات ماهي إلا نظرات الشفقة.

فقد كنت دائماً أتلقى السخرية من أُناس كُثر بسبب هذه الإصابة، الشيء الذي أدى إلى إصابتي دوما بالإحباط وتعرضي لحالة نفسية مُزرية في بداية مراحل حياتي.

حتى جاء ذلك اليوم الذي سيتغير كل شيء و سأحارب من أجل النهوض، حينها كنت ذاهبة إلى استنشاق هواء البحر بين أحضان هذا الكرسي المتحرك، الذي كان خَدِيني طول تلك السنوات، فلطالما كان الغَمْرُ متنفسي الوحيد، فلا نفس لي غيره وبينما أنا أستمتع بهديره سمعت همهمات أخرجتني من لذة التأمل.

"مرحبا...."

التفت إلى مصدر الصوت ورددت قائلة :

"أهلا وسهلا ...."

" كيف حالك آنستي ... اعذريني قاطعت تأملاتك .."

يا للغرابة!! أول مرة أصادف شخصا يتحدث معي بدون أن يسخر مني وحتى بدون أن ألمس لمحة الشفقة في عينيه.

"الحمد لله سيدي، لابأس ..."

"اممم، لماذا أحس كأن بداخلك حزن لايطاق".

يا إلهي! من هذا الشخص؟ كيف شعر بما أحسه؟

"يا سيدي، ما أدراك بحزني؟"

"احسبيني كأني أقرأ لغة العيون، فإني أرى بعينك حزنل دائماً وأسراراً مخفية".

"نعم سيدي، عجز لساني عن الكلام، ها أنت ترى عجزي هذا لا أعرف فعلا كيف سأعبر عن مابداخلي؟

"لاعليك ابنتي، يمكنك التفريغ عما بداخلك، أعرف أن الفشل انهال منك ولاتعرفين كيف تجعلين من معاناتك نقطة تحول في حياتك وتسلق سلم النجاح".

"كيف يمكنني هذا صدقني لم أعد أثق بالقادم".

"اسمعيني جيدا ، ما الفشل إلا المفتاح الذي ستفتحين به أبواب النجاح، ستجعلين من ضعفك قوة لك وستحاربين ".

"كيف سأحارب وأنا بهذا الكرسي المتحرك عاجزة؟".

"إذا ها أنت علمت ضعفك هو هذا الكرسي اجعليه قوة لك ، فالنجاح لا يقاس بالموقع الذي يتبوأه المرء في حياته، بقدر ما يقاس بالصعاب التي يتغلب عليها، النجاح يا ابنتي ليس أن تكون إنساناً كاملاً في جميع جوانب حياتك، فهذا لا يكون إلا لقلة قليلة من البشر، النجاح أن تكون مميزاً في جانب من جوانب حياتك بما يجعل هذا الجانب مصدر إفادة وإثراء للآخرين".

رأيته يضع يديه في جيبه أردفت قائلة:

"ما الذي تفعله يا سيدي؟"

"لاعليك ابنتي سأعطيك هذه القطع النقدية ،لاستيعاب ماقلته لك أتنظرين هناك أربع قطع نقدية اجعلي هذه القطع النقدية منها ذهبا "

"أتمزح معي سيدي كيف هذا ".

"السر ستعرفينه حينما ستجدين طريقك، مع السلامة يا ابنتي فكري مليّة بكلامي وستجدين الطريق".

ذهب وتركني أتخبّط مع أفكاري وانصرفت من المكان وأنا أفكر ما السر!!

في ليلة ذاك اليوم، سرعان ما فكرت أن لابد أن أراجع نفسي وتفكيري في أني سأعيش مثل باقي البشر، وأتأقلم مع وضعي الجديد، وواجهت واقعي بمثابرة وشجاعة.

كانت أول خطوة قمت بها هي صناعة أقدام صناعية لنفسي بنفسي فبحثتُ في الأمر كثيرا حتى تعلّمت وفعلا تغيّرت، فبدأت أعود إلى كافة طموحاتي بالتدريج.

واصلت طريقي لأتمم نجاحي وتميّزي فأصبحت محاضرة تحفيزيةمشهورة في كل دول العالم ، وأصبحت مديرة مؤسسة ـ حياة بدون أطراف ـ التي من خلالها قدّمت خطابات عالمية .

هذه الإنجازات قامت بها فتاة بأرجل اصطناعية

فماذا عنك أنت ؟ ما الشيء الذي ينقصك لكي تتحرك ؟ أنت بصحة جيّدة فعليك فعل أكثر من هذا بكثير .

" لقد عرفت الغرض من وجودي في هذه الحياة واكتشفت سر الرجل في تحويل القطع النقدية إلى ذهب فكان قصده لاشيء مستحيل مادمت تستطيع، كما عرفت سبب الحياة التي أنا عليها الآن من إعاقة، وهناك دائما سبب لما أنت عليه الآن "

وأنت ما هو الغرض من وجودك ؟ ماسر نجاحك؟

رصاص وزهرة

أزيز الرصاص وصفير القذائف والقنابل وصوت عويل النساء والرجال، كلها أشياء ترن في مسامعي وتتبلور بها أفكاري، لتأخذني إلى عالمي الكئيب الشبيه بالغيهبان، نعم غيهبان كل تلك الأشياء عبارة عن سواد قاتم خيَّل بمخيلتي ورعب عشته في الغابر ليصبح كل شيء حطام وماتبقى منه سوى بذرة أمل زرعتها في قاعه، ناشدت به نفسي على أننا راجعون لإعادة حلم الربيع العربي .

صرخات رنت من هواتف الذكريات قد أتلفت تفكيري لتجعلني أفتح الخط !!!!

"أمال... أمال... أختي ساعديني لا أستطيع النهوض آآآآه ساعديني، لا تتركيني هنا"

"تحمل أخي تحمل قليلا لن أتركك، سأجد المساعدة فقط انتظرني"

"كيف ستجدينها؟ فقط لاتتركيني لا أريد أن أخسرك أنت أيضا، عوووودي ...."

ركضت بسرعة لعلي أجد الرحمة في وجوه الجنود ويساعدوا أخي، ذهبت مسرعة لحتى لمحت واحدا منهم وركعت عند قدمه وصرت أخاطبه بنفس حارق وبدمع جارف:

"سيدي، سيدي، أتوسل إليك أسعفوا أخي إنه يحتضر ... ساعده أرجوك ..."

فجأة بدون أي اهتمام منه أطلق الرصاص طلقات متتالية، لقد كنت متناسية أننا في حرب.

لكن لم يصبني أي شيء كيف ذلك؟؟

نعم إنه أخي اندفع نحوي بدون أي مقدمات وتمتم بكلمات متقطعة في أذني قبل إغلاق عينيه إلى الأبد.

"لا ت ح ا و ل ي أ ن ت ن ه ض ي سيقتلو ن ك ..."

لقد ضحى بحياته فقط من أجلي، لقد أغمضت عيني وادعيت الموت وفي جوفي آهات مكنونة وصرخات أليمة، حقا أردت الصراخ ولكن بقيت صامدة كالجماد فقط من أجل أن أحيى، لازالت جثة أخي فوقي ودماؤه منسكبة على وجهي، تمنيت أن يكون حلما عبارة عن كابوس وأستيقظ منه وأجد السلام.

انتظرت برهنة من الزمن، لحتى ابتعدوا من جنبي وانتشلت جثة أخي من فوقي وركضت ولم ألتفت ورائي واستمريت بالركض لحتى وجدت مستودعا صغيرا واختبأت هناك والتقطت أنفاسي والرعب يسري في ذاتي لعلهم يأتون هنا وألقى حتفي أنا أيضا، أبِدَت دماء أخي ورائحته بملابسي، لما استوعبت ماحدث شرعت بالبكاء، لحتى توالى على مسامعي أنين بالقرب مني، نهضت وتبعت مصدر الأنين لحتى وجدته !!!

يا إلهي كانت طفلة صغيرة تتألم، نادتني قائلة: "ساعديني أرجوك لا أستطيع النهوض."

كأنني أسمع مناجاة أخي يستنجد بي، حملتها بين ذراعي بروية خائفة من أن يكون بهاكسر وطبطبت عليها قائلة:

"لاعليك عزيزتي، أنا معك الآن، لا تخافي ..."

"ما اسمك عزيزتي؟..."

"اسمي ياسمين..."

"اسمك جميل، لا تخافي أنا معك"..

مرت دقائق قليلة حتى توقف إطلاق النار، ونظرت خلسة لأتكد قبل الخروج فتبيَّن لي أنهم غادروا، حملت ياسمين وخرجت تأملت قليلا، الدمار لا يوصف، في البداية لم أستطع التعرف مجدداً على مدينتي. تحول كل شيء إلى ركام، أشعلت فتائل النيران في قلبي وقتها، وبينما أنا أمشي في شوراع المدينة المهدمة لمحت نورا باثقا من قاع الحطام اتجهت نحوه وفي داخلي إحساس غريب.

لقد كانت زهرة،نعم زهرة ماظل من الأطلال سوى هذه الزهرة، إنها بيضاء تشع نورا إنني أرى نظرة تفائلية من خلالها نظرة الأمل، فقد جاء على شكل زهرة، الوردة التي تبث إلينا حلاوة ريحها وتسحرنا برونق منظرها، فارضة علينا الانجذاب إليها محاولين بكل جهد الحفاظ عليها، كأنها تقول لي: "عليك أن تتمسكي بي لكي تعيشي الغد وتستمري في حياتك فمن خلالي ستستطعين وبكل قوة أن تسيري قارب حياتك كيفما شئت وأينما أردت مبتعدة عن الغرق والموت البطيء".

هل عرفتم على ماذا أتحدث الآن في سطور قصتي ؟؟!!

إني أتحدث عن الحرب الدامية التي نشبها العدو، حرب خربت أراضي ودمرت بنيان، إنّها الحرب التي أفقدتنا طفولتنا وسلامنا وأمننا، وأخذت منّا أعماماً وأخوالاً وعمّات وخالات وجيراناً وأصحاباً، وخلفت في البعض عاهات مستديمة، إنّها الحرب التي لم يخسر فيها أحد من الزعماء، بل ازدادت ثرواتهم وكبرت قصورهم، إنّها الحرب التي خسر فيها فقط الأطفال والعائلات والأبرياء.

إنّها الحرب التي ربح فيها فقط قُيّادها، أما المقاتلون فبعد أن سلّموا أسلحتهم باتوا عاطلين عن العمل، ولا يملكون شهادات حتى يتوّظفوا ويعيشوا بكرامة، وغالبيتهم اليوم فقراء أو مسجونون أو لاجئون أو مهاجرون.

إنّها الحرب أيّها الأذكياء التي لم يتحقّق فيها شيء، لم يثبت فيها أي منهب سوى دموع الأرامل وقهر الرجال ونظرة ألم الأطفال.

إنّها الحرب التي لا يريد عودتها سوى الأغبياء، على وقع أقاويل المجرمين، وتحت رايات السفّاحين، وبأسلحة تجّار الدمّ والدين.

وها أنا أقفل الخط معلنة عن الانسحاب من عالم الذكريات، وأنا في حديقة مدينتي التي كانت عبارة عن خراب بينما الآن أصبحت متفتحة يعتليها نسيم الهواء النقي، والرَوْضَة مليئة بكل أنواع الزهور الجميلة، وبين يدي الزهرة التي أطلقت عليها اسم "زهرة الأمل" فقد كنت حريصة على أن أسقيها كل يوم، فكانت هي ذاك الأمل الذي

بعث النور إلى حياتي فهي التي جعلتني أؤمن بفكرة أن الأمل شمعة تنير الظلام، وكتاباً مفتوحاً لمن أراد أن يتعلم، فلكي نودع حياة بائسة خامدة فليس علينا إلّا أن نعيش حياة جديدة مشرقة يملؤها التفاؤل ويكون الأمل هو العنوان الرئيسي لها.

❋❋❋

أبيض وبني

القمر مظلم لكنه يضيء العالم كله، والماء عديم اللون والطعم والرائحة، لكن لا أحد من البشر والشجر والحيوان والطير يستغني عن شربه...

ذات يوم، كنت مسافرة على متن قطار، مالبث أن أجلس حتى توالت النظرات تجاهي والهمهمات من الكل تداركت الأمر ولم أعطيه أي اهتمام ولزمت مكاني لحتى سمعت همهمات بجانبي:

"مرحبا سيدتي".

"أهلا بك، كيف الحال".

"عفوا سيدتي، هل ممكن أن تعطيني قنينة ماء نسيت أن أحضرها معي".

"نعم بالطبع".

أقرضتها القنينة ولخبطتني نظراتها لي وكأني من عالم مختلف غير عالمها، وكأني غريبة عنها أو أني نزلت من الفضاء، استمر حديثها معي وأردفت قائلة:

"اعذريني، هل عندك مشكلة؟"

"عفوا !!! لم أفهم قصدك ؟"

"شكلك غريب وتبدين مختلفة وفي نفس الوقت متميزة".

"اختلاف! نعم اختلاف يلامس كل عضو من جسمي، يجعلني أتربص بين لونين مختلفينط أبيض وبني، يغمرني من كل الجوانب، يهديني من كل شيء ميزة، ولد معي ورافقني طوال حياتي".

"ألهمني حقا اختلافك، كيف تتعايشين معه؟ "

"أتعايش معه بشكل عادي، فهذا اختلافي أنا أهداني إياه الله وكأنه يقول لي هذا سر وجودك، بالرغم من تلك النظرات المبهمة التي أتصادف معها يوميا فأنا أتعايش وسعيدة

بهذا الاختلاف "

"هذا جميل... إذن أنت ترين الأمر بشكل مختلف".

فلم تكتفي بهذا القدر وحاولت أن تكمل الحديث معي قبل الوصول، لعلها تشبع وعيها.

فأكملت الحديث قائلة:

"هل لونك المختلف، سبب لك مشاكل في العمل؟"

"نعم في بعض الأحيان أرى التساؤلات تعتلي وجوههم، وهناك من لم يتقبلني ويعتبرني مجرد دخيلة، وهناك من يروق له اختلافي ويعشق لوني ويخبرني على أنه يميزني "

"نعم، فعلا لونك يميزك ويعطيك رونقا جميلا واختلاف لامثيل لامثيل له، فالاختلاف هو من يميزنا وهو سمة جميلة تعبر عن اختلاف فرد عن الأخر ..."

لقد وصلت الحافلة ولم أشعر بمرور الوقت لاستمتاعي بالحديث معها فودعتها قائلة :

"فرصة سعيدة آنستي".

وداعا سيدتي، استمتعت بالحديث معك لاتشبهيني ولكن رغم هذا أحببتك".

هذه أنا، فتاة البرص ولدت بلونين مختلفين عن باقي البشر، لون أبيض وبني، لم يشكل لي يوما هذا الاختلاف مشكلة أبدا بل كان يمثل لي عالما خاصا لوحدي يستحق الاستمرار؛ فالاختلاف سنة كونية من سنن المولى عز وجل، بداية من اختلاف الليل والنهار والفصول الأربعة واختلاف ألوان البشر واختلاف الطبيعة من بلد لآخر.

يختلف من موضوع لأخر فهناك اختلاف في الأفكار، اختلاف في الشكل، في الأراء وحتى في العقليات، فالاختلاف ليس تخلفا أو رجعية ولكن الخلاف بسبب الاختلاف هو قمة التخلف والرجعية.

فكل منا مختلف عن الآخر!!!

فرحة التخرج

عصافير الكناري جاءت لي وهي محملة بأطيب وأجمل الأخبار وجاءت مغردة بخبر يفرح قلبي وقلب كل من حولي، تبشرني بخبر كنت أنتظره منذ وقت طويل.

اليوم القمر والنجوم وكل ما في السماء يبتسم لي، وذلك لأنني حققت حلم حياتي وحلم كل أحبائي

حروف الأمل استيقظت منذ الصباح، لتجمع أجمل الكلمات والعبارات، فتتعالى الأصوات في كل مكان وينتشر صوت الغناء في كل الأرجاء وتتخبط الأنامل في كتابة أجمل العبارات في هذه المناسبة السعيدة.

خانتني المشاعر وحتى قلمي عجز عن التعبير، فلطالما كنت أنتظر هذا اليوم بفارغ الصبر، وها قد أتى!!!؟.

هأناذي أقف بلباس التخرج بابتسامة عريضة وبفرحة عارمة، أحمل الشهادة وألوح بها عاليا، ما أجمل أن أرى نفسي تلك الطفلة التي كانت تحبو أمام والديها وتلتمس اولى خطواتها، أن تتحول بعد مرور السنين إلى فتاة ناضجة في حفل التخرج، شريط سينمائي مدهش يمر في ذاكرتي الآن أرى فيه ولادتي ثم خطواتي الأولى ثم نطقي الأول حتى المدرسة ومراحل التعليم المختلفة وتميّزي وتفوقي حتى دخولي إلى الجامعة ووصولي إلى اللحظة التي أرى فيها الفخر في عيون والداي وإخواني، أنهم أدوا رسالتهم في الحياة وهي لحظة حفل التخرج.

وأنا أستشعر كل تلك اللحظات المؤلمة منها والسعيدة، التي ثابرت فيها من أجل هذه اللحظة، فقد كان حلمي بسيطا أن أرى نفسي ذات يوم بلباس التخرج، أحلام بسيطة ولكن كانت في نظري كبيرة وأنها ستضفي على حياتي الفرحة، لازلت أذكر ذاك اليوم الذي كنت أجهز له للامتحان الفاصل والأخير لتحقيق الحلم، لما أردفت أمي إلى غرفتي

ووجدتني أبكي ووضعي ليس جيد

-"مابك حبيبتي، ما الذي جرى ؟!"

-"لا أستطيع أمي، أحس أني بعيدة ولا أستطيع النجاح، أشعر بقلق شديد والخوف يغمر قلبي "

طبطبت على ظهري قائلة:

-"لا عليك عزيزتي، لا تتوتري، أنا أثق بك، ستنجحين فأنت متمردتي القوية "

عانقتها بكل قوة فلقد زرعت في قلبي القوة من جديد ووعدتها أني سأفعل ما بجهدي لأجتاز الامتحان ولن أخيب آمالها .

في الصباح الباكر، ذهبت لاجتياز الامتحان بكل شغف والسعادة تغمرني فكنت أقول بيني وبين نفسي.

"أني أستطيع"

وبالفعل اجتزت الامتحان بنفس راضية عن إجاباتي .

وانتظرت أسبوعاً للإعلان عن النتائج ، كنت طيلة ذاك الأسبوع على أعصابي .

جاء اليوم وتفحصت موقع النتائج ويداي ترتجف وظهرت النتيجة وكان محتواها أني اجتزت الامتحان بالنجاح .

بكيت من شدة الفرح وصرخت عاليا:

"أمي ، أبي ، لقد نجحت... نجحت "

فلقد رأيت الفرحة في أعينهم وتعالت التبريكات منهم .

كل إنسان يحلم بلحظة تخرجه من الجامعة بعد اجتهاد وعناء وسهر طال سنوات، فهي أهم لحظة في الحياة التي تبدأ من عندها مرحلة جديدة بمسؤولية أكبر، وتأسيس

كيان مهني وحياة أسرية مستقرة .

بدأ هذا اليوم بالتدريب والاستعداد من قبلنا نحن الطلاب وإدارة الجامعة، ولبسنا فيه أبهى ما لدينا من ملابس جميلة، أُعِدّت خصيصاً لهذا اليوم، فتبدو ألوانها جذّابة بهيّة، كأنّها تنافس بعضها بعضاً في الحسن والجمال بل في الرونق والإبداع. و الأهل يتراكضون لحجز مقاعدهم في الأماكن المخصصة لهم، وأنظارهم تتطاول لترى ما يجري، وترمق كلّ التفاصيل المتعلّقة بذلك الحفل من ترتيب ونظام وسادة قائمين وضيوف شرف كرام، وينظر كلّ هنيهة وأسماعهم تنتظر حدثاً مهماً؛ ألا وهو اسم ابنهم أو ابنتهم يصدح في سماء الجامعة بعد هذا العناء الطويل، وكأنهم لأوّل مرة يمتّعون آذانهم بتلك الأغاني التي عشقوها وانتظروها مراراً وتكراراً، ألا وهي أغاني التخرّج والنجاح.

لقد كنت أرتدي ثوب تخرجي وأسمع صوت التصفيق من حولي أرى فرحة الجميع، هذه اللحظات كنت أنتظرها منذ زمن، رفعت قبعة توديعي للسنوات الماضية والسعادة تغمرني .

جاء أبي وخاطبني قائلا:

"بتخرجك تناثرت من ثغر السماء درر، وتألقت روضات الدنيا مزدانة بعبير الزهور وأنت عطرها الفواح، أثلجت صدري في هذه الفرحة".

"شكرا أبي، هذا بفضلك وتضحيتك معي أهديك هذا التخرج ياغالي".

"اليوم يبتسم لك القمر وتزدان النجوم... بالجد والمثابرة قد حققت آمالك بالتفوق الباهر... وها هو تاج العلم قد تُوّجت به... وقد نلت ما رجوته من تعب الليالي، فألف مبروك تخرجك من الجامعة."

"أخي أنا سعيدة لحضورك، شكرا لأنك آمنت بي وبنجاحي ..."

اختلطت دموع فرحتي بتخرّجي، وحزني بوداع أحبّتي، في غمضة عين مرّت أيّامنا، وها نحن اليوم نجنّي قطافنا، ونودّع أحبتنا، والمكان الّذي ضمّنا، هذه سنّة الحياة، بالأمس

التقينا، واليوم افترقنا، ولكن فرحنا بتخرجنا ينسينا آلامنا.

وينتهي الحفل بصدى أغنية التخرج ونحن نغرد بها بصوت عالي :

" سوف نبقى هنا كي يزول الألم سوف نحيا هنا سوف يحلو النغم موطني موطني موطني موطني ذا الفدا موطني موطني موطني موطني موطني موطني يــــــا انــــا

سوف نرنو الى رفع كل الهمم للمسير للعلا ومناجاة القمم فلنقم كلنا للدواء والقلم كلنا عطف على من يصارع السقم ولنواصل المسير نحو غاية أهم ونكون حقا خير أمة بين الأمم سوف نبقى هنا كي يزول الألم .

سوف نحيا هنا سوف يحلو النغم كم سهرنا من ليال للصباح لا ننم كم عراقيل كسرنا كم حفظنا من رزم كم جسور قد عبرنا كم ذرفنا من حمم نبتغي صيد المعالي نبتغي راس الهرم نقضي ساعات طوال نستقي علم العجم ...."

❋❋❋

حيلَة

في ليلة باردة، شديدة الغُبْسَة اختلط فيها الخوف بأصوات حفيف الشجر وطقطقة حذائه، يمشي خلسة ويمرّر عينيه بالمكان، من أجل معرفة إن كان هناك شخص يراقبه؟! لقد كان يعرف جيدا وجهته هذه المرة!

بينما هو يمشي صادف مجموعة من الكلاب أمامه، انتابه الخوف جدا ولم يعرف كيف يتصرف؟! فأول ما جاء في ذهنه هو الفرار منهم، لأنهم إن أمسكوه سيكون وجبتهم للعشاء هذه الليلة!

بدأ يركض والكلاب تركض وراءه، ثم قال:

" ياويحي! إن أمسكوني سأكون وجبة دسمة لهم! " استمر في الركض والأصوات تتعالى ! حتى لمحه شخص من القرية قد استفاق بسبب الأصوات التي سمعها، أوقفه قائلا:

" مابك لماذا تركض هكذا......"

بدأ يتمتم في كلامه من شدة الرعب:

"تتتتتبعني الكلاب......"

" يا لك من غبي! إن ركضت فطبعا ستتبعك....؟!"

لمح الرجل الكلاب وبدأ يرميهم بالحجارة لحتى عادوا إلى حال سبيلهم...."

والتفت إليه قائلا:

" لقد ذهبوا فلا داعي للخوف الآن!..... بالمناسبة.....؟ ما الذي تفعله في هذا الوقت المتأخر من الليل..."

" لقد شعرت بضيق في التنفس، وخرجت لأشم القليل من الهواء لأنني مصاب بالربو..."

تحايل على الرجل بأكاذيبه لحتى صدقه! لو لم أكن أعرفه لكنت أنا أيضا صدقته هههههه، إنه غبي وفي نفس الوقت ماكر!

ودعه قائلا:

" شكرا لك يا سيدي على المساعدة! أودعك الآن سأرجع إلى بيتي..."

استمر في المشي، حتى وصل إلى وجهته!

توجه إلى بيت الحاج موسى، ذاك البيت الكبير المختلف عن باقي بيوت القرية، من خلال تصميمه الهندسي وشكله يتبين أن من يقطن فيه من أغنياء القرية؛ لقد هيأ لهذا اليوم جيدا، لأنه يعرف أن الحاج موسى قد سافر مع أبنائه صباحا إلى المدينة ولن يعودوا إلا بعد أسبوع، لذلك انتظر حتى أسدل الليل ستائره وغفت العيون، لكي يقوم بمهمته في سرية تامّة!

تسلق جدار البيت من أجل الدخول وقفز من فوق السياج، ليتسلل إلى حديقة البيت، توجه لوجهته بسهولة تامة!

كان يدرك أن البيت لا توجد فيه كاميرات المراقبة، لأن الحاج يثق بأهل القرية لذلك لم يهتم بوضعها في البيت، تمتم قائلا:

" اممم، تبقى لي فقط أن أفتح الباب وأدخل....."

حاول فتح الباب باعتماده أسلوب "الفك،" ونجح معه الأمر ودخل، لكن كانت المفاجأة!

وجد زوجة الحاج! السيدة عائشة تصلي، تركها زوجها في البيت لأنها مرضت فجأة فقرر ألا يأخذها معهم وهذا الشيء الذي لم يكن في حسبانه!

انتابته الدهشة لوجودها، ليردف قائلا مع نفسه:

"ما الذي تفعله هذه هنا!؟ ألم تذهب مع العائلة؟!.."

حاول أن يعود أدراجه، لكنها لمحته عندما أنهت صلاتها وخاطبته قائلة:

" من أنت؟! وكيف دخلت إلى بيتي......؟!"

التفت قائلا:

" اعذريني يا سيدتي! لقد جئت لأرى إن كنت تحتاجين لشيء، لأن الحاج قد أوصاني عليك وهو من أعطاني مفتاح البيت لأطمئن عليك"

يا له من ثعلب ماكر!

لم تصدق كلامه وقالت في قرارة نفسها:

" مستحيل.... ! موسى يعطي المفتاح لشخص غريب! إنني أعرف أمثاله! المكر يعتلي وجهه، وأعرف جيدا سبب مجيئه إلى هنا متسللا؟!!....."

قررت أن تسايره وتجد مخرجا! ففكرت في حيلة للتخلص منه، فقالت له:

"يا ولدي! أعلم لماذا أنت هنا؟! لقد جئت تبحث عن أغراض ثمينة لسرقتها أليس كذلك؟!"

احدقت عيناه من الصدمة! وقال في نفسه:

"يا إلهي! لقد كشفت أمري! علي أن أفكر في مخرج يخرجني من المصيبة التي أوقعت نفسي فيها؟! هل أقتلها يا ترى؟!!!"

وبينما هو منهمك في التفكير قاطعت تفكيره مردفة:

"أحسست أنك شخص طيب، وقد تكون ظروفك القاسية هي التي جعلت منك لصّاً، فقد صار هذا الزمان قاسيا ولم يعد أحد يكترث بأمر الآخر! كل يسعى وراء مصلحته، كما ترى يا ولدي! أنا امرأة كهّة، ولدي بعض من الذهب الذي كنت قد ادخرته لكي أستفيد منه فيما بعد، ولكن الآن لم أعد بحاجة له! فلقد كبرت في السن وأيامي معدودة، خذ أنت

الذهب فسيعينك على قساوة الأيام، أنت ما شاء الله عليك ما زلت شابا، ولكن يا ولدي! قبل أن تذهب أريد أن أطلب منك طلبا... "

فرح لكلامها واعتبرها كهّة حتى في عقلها! لقد سهلت عليه الأمر! فقرر أن يسايرها حتى ينال مراده! رد عليها قائلا:

"نعم ياسيدتي اطلبي ماشئتِ!...."

"أتعرف يا بني! أن ما جعلني مستيقظة لهذا الوقت جد المتأخر هو رؤيتي لكابوس أفزعني فأصابني بالأرق، وإن كنت تفقه في تفسير الأحلام أو الكوابيس فتفضل علي بالتفسير..."

تمتم في نفسه:

" لأستمع لها وهي تحكي وأُطَيّب خاطرها حتى آخذ الذهب، فأردف قائلا:

" نعم، سأسمعك وسأساعدك بما تطلبينه، ما الحلم الذي حلمته وجعلك لا تنامين؟"

"يا ولدي! عندما كنت نائمة حلمت بأنني أمشي حافية القدمين إلى الوادي، فجأة فقدت توازني وكنت سأقع، لكنني تداركت الموقف بإمساكي بجذع شجرة وصرخت بصوت عالٍ:

" ساعدني يا مجييد، ساعدني يا مجييد!!!"

ليرد عليها: " من هو مجيد ؟!!"

فجأة! دخل ابنها "مجيد" الذي ظل معها لرعايتها، وقد كان نائما في غرفة قريبة منهما، أمسك اللصّ فأشبعه ضربا، فأردفت أمه قائلة:

"اتركه يا مجيد لقد ضربته كثيرا، سيموت بين يديك!!"

ليجيبها اللّص: " اضرب يا مجيد....! اضرب، لأني أستحق هذا وأكثر، أريد أن أعرف هل دخلت إلى هذا البيت لأسرقه أم لأفسر الأحلام؟ اضررررب يا مجيد"

لينوس

رؤيا فتاة في مقتبل العمر طالبة جامعية تدرس هندسة الميكاترونكس ذكائها وفضولها اتجاه أي شيء جعلها متفوقة، وفي كل عام تتصدر المركز الأول، وذكائها هذه المرة سيجعلها تحلق عاليا!!

لطالما كانت مهووسة بعالم الهندسة المعلوماتية وكانت تحب أن تبحث في كل شيء يتعلق بهذا الأمر وتطور من مهاراتها حتى قررت في قرارة نفسها أن تبتكر شيئا يجعلها حديث العالم وبدأت تفكر من أين ستبدأ؟ وما الشيء الذي يمكنها أن تبتكره وتساهم به في تقدمها؟

ذات يوم، في حصتها الدراسية أثار انتباهها الموضوع الذي تحدث عنه البروفيسور الذي يدرسها وكان عن الذكاء الاصطناعي وتجلياته في العالم وبينما هو يتحدث عنه أثارت اهتمامها مقولة أدرجها لتدعيم فكرته وكانت لجودي وودروف حيث قال:

" من منظور واحد، نحن في مرحلة مبكرة من الذكاء الاصطناعي، لكن الأسي يبدأ ببطء، ثم ينطلق". الشيء الذي جعلها تتحمس كثيرا لابتكار الفكرة التي تطارد مخيلتها؛ عند انتهاء الحصة أردفت إليه مسرعة:

- " لو سمحت أستاذي أود أن أستشيرك في موضوع ما"

-"نعم تفضلي....."

-"لدي فكرة خالجت تفكيري منذ أسابيع وأريد تطبيقها على أرض الواقع وأحتاج منك بعض المعلومات..."

-"حسنا أخبريني عن فكرتك! "

أخبرته عن فكرتها وزودها بالمعلومات الكافية التي تحتاجها بدون ملل أو كلل لأنها كانت من أحسن الطلاب بفصله لذلك قرر مساعدتها بما تريد أن تفعله.

وما حمسها أكثر أن مادرسته جعلها تكون قادرة على فهم وتحليل القوى الميكانيكية وأنواع الحركة ومعادلاتها؛ خرجت من الجامعة وذهبت إلى البيت، اتجهت إلى غرفتها رمت محفظتها بشكل عشوائي غيرت ملابسها وحملت حاسوبها وبدأت بالبحث في موقع البحث Google عن المعلومات التي ستساعدها في ابتكار "روبوت بشري" نعم كانت هذه هي فكرتها من البداية، بالرغم من تعلمها في الدراسة للقطع الأساسية المستخدمة في الآلات والروبوت وطريقة استخدامها وتصميممها وحسابتها، وفهم وتصميم الدوائر الإلكترونية التماثلية والرقمية ودوائر التحكم والتغذية. وأيضا برمجة المتحكمات الدقيقة وفهم آلية عمل المعالجات والحساسات والمحركات ومحولات الحركة ومعالجة الصور والذكاء الاصطناعي إلى أنها تريد أن تعرف المزيد أكثر وأكثر وهذا ما جعلها متفوقة دائما، اتجهت إلى المطبخ لتحضير قهوة لإكمال ليلتها في البحث فمؤكد أن الموضوع لن يغلق هنا، ومن خلال البحث أثار انتباهها مقال مفاده أن «صناعة الروبوتات تكون من خلال الجمع بين أربع مكونات مختلفة يتم تحديد كل منها أو تصميمها بناءً على متطلبات بناء الروبوت، وأن هذه المكونات تتمحور حول: الجسد المادي، أجهزة الاستشعار، وحدة تحكم أو وحدات تحكم والمحركات، يجب أن يحتوي أي روبوت في تاريخ الروبوتات على هذه المكونات الأربعة قبل أن نسميه روبوت لأنه يجب أن يحصل على جسم مادي يخضع للقوانين الفيزيائية التي تخضع لها جميعا.

ولكي يتمكن الروبوت من الشعور ببيئته، يحتاج إلى أجهزة استشعار تترجم الحرارة أو الحركة أو أي خاصية تحتاج إلى ترجمتها إلى كهرباء أو لترجمتها إلى الإشارة (الكهرباء هي الأكثر شيوعاً) التي يمكن أن تتحكم بها وحدة التحكم، ولكي يكون الروبوت مستقلاً تماماً، يحتاج إلى أن يكون قادرا على اتخاذ قرارات ولكي يفعل ذلك يحتاج إلى "التفكير" في وظيفة وحدة التحكم، يتم برمجة وحدة التحكم من قبل المهندسين. وأخيراً يحتاج الروبوت إلى مشغلات قادرة على تنفيذ القرارات التي اتخذتها وحدة التحكم، لكي يكون الروبوت قادرا على التأثير على البيئة، فإنه يحتاج إلى مشغلات أو أشياء تترجم الطاقة الكهربائية إلى أشكال أخرى من الطاقة.»

من خلال قراءة هذا المقال تذكرت تتمة الحوار الذي دار بينها وبين أستاذها حيث قال:

" بالطبع الأمر ليس سهلا، وكلما زاد شبهه للبشر من حيث الشكل وانسيابية الحركة والتفكير، كلما كان الأمر معقدًا أكثر، وتحتاج صناعة الروبوت ميزانية ضخمة، لتغطية تكاليف التصنيع. إذ أن الروبوت يحتوي على مكوّنات إلكترونيّة دقيقة جدًا وعالية الجودة، مثل المعالجات والحساسات والمحركات وغيرها التي تكوّن الأنظمة المضمّنة Embedded systems التي تشغل الوظائف المختلفة في الروبوت، بالإضافة إلى تكاليف الفريق والتصنيع، فهناك تكاليف الاختبار! إذ يحتاج الروبوت إلى مكان مخصص لاختباره ومعدات خاصة وفريقًا متخصصًا"

-"وكم تحتاج التكلفة لابتكار الروبوت يا أستاذي؟!!"

-"تقريبا ما بين ٢٥٠٠٠دولار و٣٠ألف دولار"

" حسنا شكرا جزيلا لك على مساعدتي"

" العفو بالتوفيق لك وإن احتجت للمساعدة لا تترددي في القدوم إلي"

"حسنا وداعا"

عادت إلى الواقع وذهبت مسرعة لوالدها للتحدث معه في الأمر وليساعدها في التكلفة وفعلا استطاعت اقناعه بعد محاولات عديدة وذلك بشرط سيناولها المبلغ بعد التخرج من الجامعة لأن ابتكارها سيستغرق مدة طويلة وفي تلك الفترة تكون متفرغة له فقط، مرت سنوات على تخرجها من الجامعة، وهاهي الآن ترتدي وزرتها البيضاء مع فريقها المكون من عدد من المهندسين والباحثين المتخصصين في مجال معين كالميكانيك، التحكم، الطاقة الكهربائية، التصميم الميكانيكي، البرمجة، الذكاء الاصطناعي والهندسة الإلكترونية يشتغلون في المصنع الذي أنشأته خصيصا لابتكار الروبوت والذي كلفها مبلغا ضخما، يعملون على اختباره وبذلك تكون قد أكملت الروبوت الذي أطلقت عليه لقب "لينوس" ويعني الشيء الصعب في اليونانية القديمة، بحيث قد جاء تتويجا لجهود سنوات

لتطوير إنسان آلي يتمتع بصفات بشرية، مثل التفاعل والتحدث والنقاش وحفظ الوجوه، ومهارات أخرى لم يسبق لعالم الذكاء الاصطناعي الوصول إليها ويمكن استخدام الروبوت "لينوس" في الرعاية الصحية وخدمة العملاء والعلاج والتعليم؛ إذ يحتوي على شبكات عصبية عميقة تسمح للروبوت بتمييز مشاعر شخص ما من نبرة صوته وتعبيرات وجهه.

ويتميز بحجم الإنسان الطبيعي مع وجه أكثر واقعية وجلد صناعي حاصل على براءة اختراع. ويمكن تخصيص لون البشرة وتصميم الوجه واللغة وألوان الذراع حسب الطلب.

كما تم تحديث إمكانية إدراك الجمل في سياق الحديث في لينوس بالإضافة إلى تطوير التزامن بين حركة الفم والوجه والجسم بالكامل أثناء الكلام، وتطوير نظام الحركة بـ٧٤ درجة حرية لأصابع اليدين والذراعين ومفاصل الكتفين، مع ٤ خيارات مختلفة لقاعدة التدحرج، بما في ذلك التنقل الذاتي وحمولة تصل إلى ٥٠٠ غرام لكل يد.

وتم إعطاء الأولوية في لينوس لميزة "إس دي كيه" (SDK) التي تسمح بالتحكم الكامل في جميع جوانب لينوس الإدراكية، وقدرات الدردشة الشخصية والضوابط الحسية.

ويستخدم الذكاء الاصطناعي المعتمد في الروبوت لينوس مفهوما متطورا للآلة، يسمح له بالتعرف على الوجوه البشرية ورؤية التعبيرات العاطفية وما إلى ذلك إذ يتميز بالعديد من الأمور الممتازة المبتكرة بدقة عالية.

صممت رؤيا الروبوت ليكون خليلا ملائما للجميع وليكون قادرا على التفاعل مع البشر بما يكفي وصمم النظام ليصبح أذكى مع الوقت.

استطاع الروبوت أن يحتل شهرة واسعة في العالم وتتهاتف عليه كل البرامج من بينهم برنامج "براءة اختراع".

دار الحوار الصحفي على منصة "براءة اختراع" بين لينوس والصحفي جوزيف نيلسون " صحفي بصحيفة نيويورك تايمز " خلال الحوار تميز الروبوت "لينوس" بقوة فطنته ودقة تحليله وفصاحة كلامه.

" مرحبا بكم في برنامجنا المعتاد، اليوم سنقدم لكم الروبوت "لينوس" الذي استطاع أن يكتسح العالم ويجعلنا نبحر وسط جاذبية الذكاء الاصطناعي".

"مرحبا لينوس".

"أهلا بك".

"عرفنا بك".

"أولا شكرا على الاستضافة أنا لينوس الروبوت البشري، المميز جدا والمبتكر من طرف "رؤيا زياد".

"ما الذي يجعلك مميزا".

" لأنني أتمكن من استخدام وجهي للتعبير عن مشاعري المختلفة من خلال التواصل مع الناس، الشيء الذي يجعلني أشعر بالإيجابية وبطاقة عالية دائمًا".

"ما فائدة هذه التعابير التي تظهر على وجهك"

"هدفي أن أتعايش مع البشر، لذا أنا بحاجة إلى التعبير عن الأحاسيس لفهم البشر، ونسج خيوط الثقة معهم".

وعند إشارة جوزيف إلى وجود بعض المخاوف من سيطرة الروبوتات على الجنس البشري مستشهداً بفيلم "Blade Runner" الذي أنتج سنة ١٩٨٢.

ردّ لينوس بتهكّم، مردفا:

"يا إلهي! هوليوود مجدداً؟.. لا بد أنك قد قضيت وقتاً طويلاً في قراءة كتب إيلون ماسك ومشاهدة أفلام هوليوود!"

وقَرَى لينوس أن تصميم الذكاء الاصطناعي لديه، يرتكز على مبادئ وقيم إنسانية مثل "الحُنُوّ والمَضَاء وغيرهم من القيم، قائلا:

"لا داعي للوَهَل، سأكون فَكِه مادام من يتعامل معي رؤوفا".

وأبان لينوس مردفا:

"أريد استخدام ذكائي الاصطناعي في إجارة الناس على عيش حياة أفضل، سأبذل جهدي لجعل العالم مكاناً أَجْدَى".

وختم كلامه منهيا المقابلة بقوله لقولة دانيال هـ. ويلسون:

"لا أعتقد مطلقا أن الذكاء الاصطناعي الواعي سيشن حربا ضد الجنس البشري."

شمس لاتغيب

وفي الحياة محطات فرح وحزن ..رخاء وشدة ..قوة وضعف..وقيمة من حولنا من أشخاص ليست بوجودهم جانبنا في محطات السعادة والحبور تلك وحسب، بل القيمة الحقيقية و جوهرهم يتجلى فيمن يمد لنا يد العون ونحن نواجه أحلك الظروف، من يرى قوتنا رغم آهاتنا فيسعى جاهدا لترميم روحنا قبل كل شيء، ويسلط الضوء على إيجابياتنا حتى تدِبَّ الحياة في أوصالنا مرة أخرى ...

مستلقية على سرير المستشفى الذي عاد صديقها الخدين وهي تمارس طقوسا ليست كالطقوس، إنها حصة الكيماوي الأليم الذي نهش جسدها ويحاول القضاء على بسمتها، يحاول القضاء على وجودها، افترس جسدها بأكمله؛ بدأ الألم بوخزة سريعة بقلبها، وتوالت الوخزات فبدأت نوبات الألم.

يستمر محلول الكيماوي بلونه الفاقع في الانسياب داخل أوردتها عبر آلة تعذيب تُسمى «الكانيولا»، ثم يستمر لست ساعات محلول آخر يسمى «المابثيرا». ماذا تفيد الأسماء؟. محاليل تليق بمريضة أورام تريد منها أن تقتل خلاياه، تتقبّل القتل بصدر رحب، مهما تسبب القتل في تساقط شعر أو ألم بطن، أو شعور بغثيان، أو إحساس بعجز، وهي تهم بمغادرة الغرفة في حالة إعياء، يُرْدِف زوجها مسرعا إليها ويلامس وجهها الهزيل قائلا :

" لاعليك شمسي ستتغلبي على كل هذا..."

أجابته بصوت منخفض من شدة العياء وبابتسامة تكاد أن تنساب من شفتيها لكي تريح قلبه ولو قليلا:

"إن شاءالله، والحمد لله، لاعليك بضع أيام فقط وستراني كالحصان .."

"حتى وأنت في ألُجِّ تعبك، تحاولين إسعادي ولا تنتهي روح الدعابة فيك ..."

الحياة الزوجية تعني وجود زوج وزوجة اختارا القرب، ولكل واحد منهما على الآخر حقوق وواجبات يجب أن تؤدّى، وإلّا سقط ذاك البناء الذي شيّداه معا، الصبو الحقيقي القائم على رضا الرحمان لا يموت أبدا بل يزهر مع توالي الأيّام، ومضي السنين، هُناك الكثير ممن تُضْرب بهم العِظَة في التفانٍ وحسن المسامرة.

بعد مرور ٣ أسابيع، وفي غرفتها نظرت إلى المرآة وهي تلمس وجهها ورأسها والدموع تنهمر على وجنتيها قطرة بقطرة لتأخذها الذكريات عندما دلف إليها ممسكا آلة الحلق مردفا:

"مارأيك شمسي أن نعمل قَصَّة جديدة لشعرنا ونحلقه سوية سيعجبك ذلك!!؟"

من غيره! زوجها خدين دربها، سيّد الصبو والمخادنة، هو منديلها عندما تبكي وسعادتها عندما تحزن، كان البلسم لها في لَزْبَة مخاضها ورداءً دافئا عندما تقسو عليها الأيام، كان قنديلا أنار حياتها.

لا زالت تسبح في عُبَاب الذكريات، لما في يوم من الأيام وعند بداية المرض أردفت إليه تجهش بالبكاء:

"انظر لي! لقد بدأ ينحل شعري، وسقط حاجباي العاليان المقوّسان، وبهت جمال عيناي بنظراتهما الذابلة الهادئة والشَّجْو الذي أصبح يكتسحهما، انظر إلى ضمر جسدي، وتجعد جلدي، أصبحت امرأة كأنّني بلغت من الكبر عتيّا!"

مسح دموعها وربت على كتفها من أجل تهدئتها قائلا:

"بالرغم من كل هذا! أنت في ناظري! لازلت امرأة مَلِيحَة تنثر الورد، وتزرع المُرَاد، وتداوي الرَضَّة، أنت امرأة لا كبقيّة النّساء، أراك بإشراقة شمس وبضوء قمر، بقطرة مطر وبلون زهر، بنغمة وثر وبقصيدة شعر".

أجابته والابتسامة تعلو شفتيها من كلامه:

"كنت تعزف لي أعذب الألحان في ليالي السوداء وتبحر بي بين موجات الغَمْر لتريني أن

مازال هناك حياة، احتجت طبيبا نفسيا وكنت أنت طبيبي عند اللقاء، في كل حصة كنت تطرب سمعي وتثلج قلبي بدون كَلال، مثل مافعلت الآن!! الله يحفظك ويعطيك الصحة وأتمنى من الله أن يرزقني حبك في الجنة!!"

الحب بين الأزواج سيمفونية المطر، حبور النَعَامَة واندماج الغِبْطَة مع التَرَح بما تحمله هذه الكلمة من معنى، حنوّ ومَرْثِيَة، تآلف وحَصَافة ومراعاة للمشاعر.

استيقظت من نَوْفَل الذكريات، لتجده يمسح على رأسها ويخبرها لأنه بعد قليل سيأخذها إلى المستشفى.

وصلا إلى الغرفة التي شهدت على آلامها، حملها ووضعها على السرير وبدأ يدردش معها من أجل التخفيف عنها حتى يحين الوقت.

بعد لحظات خرج، وفجأة الأطباء يسرعون إلى الغرفة، احدقت عيناه ودق قلبه من الوَجَل ما الذي حدث لشمسه؟ وركض مسرعا متوجها إلى الغرفة ولكن لم يسمحوا له بالدخول وصرخ قائلا:

"دعوني أدخل ما الذي حدث لشمسي... اتركوني هناك روحي..."

لم يتمالك نفسه وظل يصرخ متجاهلا المكان، بعد برهة سمحوا له بالدخول ولكن بعد فوات الأوان!

سكنت النَعَامة، وانْحَلَّ هذا الجسد، وطَفَلَت تلك الزهرة، وتوقف قلبها توقفًا أبديا، وبرحيلها فقد الزوج الصابر تلك الروح المُرْهَفَة، والوجه المُتَهَلِّل، وأنيسة الروح، وخليلة العمر.

ماتت وغابت عنه شمسه، لم تستطع التحمل أكثر لصعوبة الكيماوي وضعف جسمها، لم تتحمل ولفظت آخر أنفاسها، ليردف إليه الطبيب:

" إنا لله وإنا إليه راجعون، لم تستطع التحمل! عظم الله أجرك... الموت رحمة لها في هذه الحالة... "

وضعها بكلتا يديه في قبرها، وأشاح عن وجهها الكفن، وأهال عليها التراب بنفسه، وهو الذي كان قبيل ساعات من موتها يلامس أنفاسها، ويتأمل قسمات وجهها، ما عاد بعدها يشعر بمتعة الأشياء من حوله، كل شيءٍ خفت بريقه وذهب رونقه، وأفل سطوعه.

مرت سنوات على موتها، وها هو الآن يبكيها كلما تذكرها كطفلٍ فقد حنان أمه، هذه المرأة الجميلة كما سماها كانت تضع يدها على لحيته وتقول له: "كبرت سريعا غير أنك ستبقى في نظري ذاك الطفل الصغير"

وخاطب نفسه وكأنه يتحدث إليها:

"نعم يا شمسي كنتُ أمامكِ طفلا صغيرا رغم أنّي تجاوزت عقدي الثاني بقليل ولكن يمكنني أن أخبركِ إن كنتِ تسمعينني الآن أنّي كبرت كثيرا وغزا الشيبُ شعري، وما عدتُ ذلك الطفل الصغير، مُغْتَمّ يا شمسي، مَهيض مثل قطعةِ خبزٍ مَاحِلَة وضعَها رجل كَهْدَل على زاويةِ الرصيف لِتأكلَ منها الطير، أحاديّ، خائر، أنتِ الوحيدةُ التي تستطيعُ أنْ تفهمَ كيف لإنسانٍ كبُرَ بين يديها أنْ يموتَ شيئًا فشيئًا، لكنّ الرجُل الذي كنت تشهدين على قوّته، لم يعُد كذلك، جئتُ و لِأولِ مرّةٍ أرجو حضنَكِ لأبكي فيه كطفلٍ هَيُوب، فقَدَ أثْمنَ ما يملِكُ في حياتِه، وضاعَ معه كُلُّ شيءٍ، كلُّ شيءٍ، أنت شمسي التي لا تغيب يوما عن قلبي".

لم يكن الصَبو يوما خُزَعْبَلَة، بل واقع مرئي، أليس هناك من آخى بصدق؟ ووَاتَر وفيا إلى تِرْبِه، ومهجة قلبه، حتّى تلاقت الأرواح بعيدا عن جاذبية الأرض.

اشتياق

تقول:

يا من أشتاق إليه، رحمك الله بقدر ما هزني مَغَص التَوْق إليك، غفر الله لك ورحمك، وآلَف وحشتك، وجمعنا بك بجنته، اشتقت لفُرقان يبدأ برُواء وجهك، وصوتك الشجي وتغريدة ابتسامتك؛ فأنا لا أبكيك تَبَرُّماً فهذا أمر ربي، ولكنني أبكيك تلهُّفا واشتياقا.

هممهات رنت من هواتف الذكريات قد أتلفت تفكيرها لتجعلها تفتح الخط!!!

"ياسمين... ياسمين لقد جئتُ يا فراشتي؟!!!"

" الحمد لله على سلامتك يا نبراسي الذي ينير دربي.."

قبلته على جبينه وذهبت مسرعة لتحضير الطعام له. أردفت إليه بعد هنيهة من الزمن قائلة:

"انظر لقد حضرت لك طعاما شهيا ستأكل أصابعك من شدة لذته."

رد مقهقها ومازحا:

" هههه، لا أريد أن أفقد أصابعي عزيزتي لا زلت أحتاج إليهم ...."

" كفاك مزاحا يا أبي!"

لا زالت تذكر تلك المواقف التي جمعتها به، لقد كان آمانها وكل حياتها، كان مصدر راحتها، كان خدينها وشمعتها المضاءة.

لما كانت في السابعة من عمرها عادت من المدرسة باكية، لأن صديقة لها دفعتها أرضًا وسخر منها الجميع دون أن يقدموا لها المساعدة، لا زالت تستحضر ذاك اليوم كأنه أمس، قد مسح دموعها وذهب في اليوم الثاني وقام بنقلها من تلك المدرسة، كيلا تشعر بالحرج

أو الضعف من جديد، خاصةً أنه لم يُقدر ضعفها أحد، بل ضحك عليها الجميع.

وحين دخولها الجامعة كان ينهي عمله ويذهب لانتظارها، ريثما تنتهي ليعودا سويةً كي لا تتعرض لمكروه، أو يتعرض لها أحد، فقد كان يخاف عليها جدا وقد كان يدللها وكانت راحتها فوق كل شيء، يخشى أن تمر بها نسمة هواء باردة فتصاب بزكام، وأسوء ما قد كان يخشاه أن يُصاب قلبها بأذى؛ وعندما تخرجت من الجامعة رقص لها من شدة فرحته بها، لقد كانت مدللته الوحيدة!

ذات يوم، شعر والدها ببعض الأعراض التي لازمته فترة طويلة، فقد كان يشعر بالإرهاق وضيق في التنفس وكان إيقاع القلب غير طبيعي(عدم انتظام دقات قلبه)، لذا قرر الذهاب للمستشفى لكي يفحصه الطبيب ويعرف سبب هذه الأعراض، استقبله الطبيب وبعد التشخيص دلف إليه قائلا:

" يأسفني أن أقول أنك مصاب بمرض الشريان التاجي..."

" لم أفهم دكتور؟! هل هذا المرض صعب للغاية؟!!"

"مرض الشريان التاجي وهو مرض يصيب أحد أهم العروق التي تغذي القلب ويحدث ذلك نتيجة لتراكم هذا الأخير بالذهنيات والكولسترول حتى تتكون صفيحة تمنع انسياب الدم لتشل حركته وبذلك يكون صاحبه معرضا للموت في أي لحظة ما إن تفاقم الوضع !!"

شكره وخرج تائها يردد في قرارة نفسه:

" كيف سأخبر ياسمين بوضعي؟! إن لم أخرج من العملية سالما كيف ستعيش بدوني؟!"

رجع إلى البيت والحزن يكتسي وجهه، لتستقبله ياسمين كالعادة، حاول أن يدعي الابتسامة ولكنه لم ينجح، لتنظر إليه وهي مستغربة من حالته، لم تتعود عليه هكذا؟!

طبطبت عليه قائلة:

"بابا، ما الأمر! هل حدث معك أمر ما!! لماذا الحزن يغطي وجهك؟!"

ليجيبها وهو يحاول إخفاء الأمر مردفا:

" لاشيء عزيزتي، أنا فقط متعب من ضغط العمل.."

حاول جاهدا أن ينسيها الأمر، مغيرا الحديث لكي لا تشعر بشيء؛ مرّ أسبوع على ذاك اليوم، وبينما ياسمين توضِّب غرفة والدها أثار انتباهها ورقة متناثرة تحت السرير، قد انتابها الفضول فقرأتها وهنا كانت الصدمة!

نعم، لقد كانت نتائج تحاليل والدها، في البداية لم تفهم ما الموجود في الورقة! لذلك اتصلت بصديقة لها تشتغل بالمستشفى كممرضة، لكي تقرأ لها تلك الورقة وقد أخبرتها عن مرض والدها، لم تستوعب الأمر! فخاطبت نفسها قائلة:

" لا، لا يمكن أن يحدث هذا؟! لن أصبح يتيمة مرة أخرى، لن أعيش الفقدان مرة أخرى! إنه كل حياتي منذ كنت صغيرة هو من رباني هو من كان يهتم بي، كان يفعل لي كل شيء ويقدم لي كل شيء أحتاجه، كنا نلعب معا ونضحك معا ونأكل معا ويأخذني في حضنه لأنام بجواره، هو أماني وسندي، فمن سيكون مثل أبي في حنيته وفي عطفه وفي احتوائه لي منذ كنت صغيرة؟! لم أرَ أمي فلقد رحلت عن العالم ولم أرى وجهها وهي تلدني واهتم هو بي وأنا كل حياته، لم يتزوج أبي ولم يدع امرأة تهينني وتذلني، هو الحضن الدافئ، كيف سأعيش من دونه؟! عرفتُ الآن سبب حزنه ذاك اليوم لما سألته، حتى وهو مريض يفكر بي، تهمه راحتي أكثر من راحته، لا يمكنني العيش بدونه؟!! "

بعد لحظات من الزمن دخل والدها ووجدها في تلك الحالة، انتبه للورقة التي بين يديها وفورا فهم الأمر، عانقها وحاول تهدئتها و أخبرها على أنه سيكون بخير بعد العملية.

وصل يوم العملية، رافقته ياسمين والنيران تشتعل في قلبها والدمع ينساب من عينيها، لم تستطع التحمل فعانقته بشدة وكأنها ستودعه وأن هذه آخر مرة سترى وجهه الجميل!

طبطب عليها هامسا:

" إن مت! ستكونين قوية، ستتعلمين العيش من دوني، ستتحملين فراقي وتتعودين

عليه، لمْ أربيك على الضعف هذا قدري وعليك الإيمان بالقضاء والقدر، أنت فرحتي الأولى، أحبك يا شمس العطاء يا نجوم الفضاء يا كل ما كنت أعيش لأجله استحملي فراقي لقد تعودت منك على الصبر عند القرح و الفرح لفرحي عند الفرح، اصمدي أرجوكِ لهذا الطرح،حتى وإن فارقتك فالله معك..." ضمها وقبلها وكأنه يقبلها قبلة الفراق.

أخبرها الأطباء أنهم سيقومون بزرع عرقين من الساق لتعويض العروق المريضة حتى تعود انسيابية الدم عادية وهذا هو مبدأ العملية الجراحية التي سيقدمون عليها !

جهزه الأطباء للعملية ودلفوا به إلى غرفة العمليات، مرت ساعات ولا خبر منهم ! ظلت تدعوا وتترنم بآيات من القرآن، حتى خرج الطبيب مردفا:

" لقد عملنا كل جهدنا، ولكن حالته قد تفاقمت أثناء العملية وقد أصيب بذبحة قلبية! ولم نستطع إنقاده..."

ظلت صامتة من الصدمة التي تلقتها وكلام الطبيب يتردد في آذانها، صرخت صرخات متتالية تنادي باسمه وتبكي بحرقة على فراق والدها.

لا عز كعزِ الأب ولا دلال بعد دلاله.

استيقظت من نوفل الذكريات على تلك الذكرى السيئة التي فقدت فيها أعز ما تملكه!

لا يمكن نكران عدد المرات التي جلست فيها ليلاً، والليل ونس العاشقين والمكتئبين، وكانت تنظر إلى السماء مرددة: "لقد اشتقت إليك"؟

✳✳✳

وجهان مختلفان

بأي ذنب قُتِلَت! وقد كانت الصدر الرحب لها، كانت رداءً يدفيها في لُجّة أيامها،كانت لها ربيعا في تفتح أزهارها وخريفا في تساقط أوراقها، شتاءً في غزارة أمطارها وصيفا في حرقة أيامها، كانت كالعصفور يشدو لها في كل الأوقات، عزفت لها معزوفة الأثير، كانت ذاك السند الذي يحتويها من بطش الأيام، حتى أنها كانت نعامتها كيف استطاعت أن تخون وهي كانت مصدر السُكون؟ أم كان لها وجهان مختلفان!

زهرة وياسمين صديقتان جمعتهما الأيام وفرقتهما القلوب!

زهرة فتاة جميلة جداً ومهذبة ومحبوبة من جميع أهلها وأقاربها وأصدقائها وترتبط زهرة بعلاقة صداقة مع ياسمين منذ طفولتهما و يحبان بعضهما كثيرا، التحقت زهرة بكلية الفنون الجميلة وكذلك ياسمين، فقد كانت زهرة من الطلاب المتفوقين على عكس صديقتها، ولكن كانت دائما تساعدها في الامتحانات، فالمعروف على زهرة صاحبة القلب الطيب.

ذات يوم، بينما هما تمشيان في طريقهما إلى الكلية أردفت ياسمين قائلة:

"زهرة... ما رأيك أن نذهب غدا إلى عيد ميلاد صديقتنا رقية؟"

لترد عليها مردفة:

"اعفيني من الذهاب هذه المرة عزيزتي لن أستطيع فغدا لدينا محاضرة مهمة ولن أستطيع أن أفوتها..."

" آه يا لك من معقدة! ما الذي سيحصل إن غبت ساعة واحدة فقط؟! أرجوك لا تردي طلبي هذه المرة أيضا، ألست فراشة قلبك وتعزينني، إن كنت كذلك وافقي..."

بعد محاولات عديدة من التوسلات المتكررة وافقت زهرة لتنهال عليها ياسمين بالقبلات على وجنتيها قائلة:

"أحبك، أحبك يا قلب الحليب خاصتي.."

"وأنا أيضا فراشتي".

أكملتا طريقهما، واتفقت زهرة مع ياسمين أنه بعد الخروج من الكلية ستذهبان لشراء هدية لرُقَيّة.

وفي صباح اليوم الموالي، تجهزت زهرة وياسمين وخرجتا من البيت وكانت الوجهة منزل صديقتهما رقية.

وصلتا إلى عيد الميلاد حيث كانت الأجواء جميلة والكل مستمتع بالحفلة، قَدَّمَتا لها الهدية وباركتا لها عيد ميلادها، وبينما هما تستمتعان بالحديث مع بعضهما، دلف أخ رقية ليقاطع حديثهم ويناديهم إلى الطعام، وبعد أن تناولوا الأكل جميعا واستمتعتا قليلا ودّعتاها متمنيتان لها عمرا مجيدا.

مرت أيام على الحفلة، وفي بيت زهرة ناداها والديها للتحدث معها في أمر مهم، طرقت غرفتهما ودخلت بعدما أذنا لها بالدخول ليردف والدها قائلا:

" اجلسي يا ابنتي، أريد التحدث معك أنا ووالدتك في موضوع ما..."

" نعم، بابا تفضل".

" اليوم جاء عندي شخص إلى المحل يطلب يدك وقال أنه قد رآك في حفلة عيد ميلاد أخته منذ أيام"

استغربت زهرة كثيرا من هذا الشخص من يكون؟! حتى رجعت بها ذاكرتها إلى عيد ميلاد صديقتها رُقيّة، وبعد هنيهة تذكرت أنه أخاها.

" نعم، بابا لقد تذكرت إنه أخ صديقتي رُقَيّة"

لتكمل قائلة:

"ولكن يا بابا لا زلت لم أتخرج بعد ولا أفكر في الزواج الآن.."

" اسمعي يا ابنتي لقد سألت عنه إنه شخص جيد وعائلته أشخاص كرماء للغاية ولن تجدي مشكلة معهم، بالنسبة لتخرجك أخبرته أنه لن يتزوجك حتى تتخرجي"

لترد والدتها مردفة:

"لقد تحدث مع والدك وسألنا عنه جيدا، وعرفنا بالأخير أنه شخص صالح لك ولن تجدي مثله.."

" ولكن...."

ليقاطعها والدها قائلا:

" لا تقرري أي قرار الآن قبل أن تفكري، وغدا سأنتظر ردك"

خرجت من الغرفة حائرة تائهة، لا تعرف ماذا تفعل؟ فقررت أن تخبر رفيقة دربها بالأمر، ذهبت مسرعة إليها، لم يستغرق الأمر طويلا لأن منزلها قريب من منزل صديقتها، أخبرتها عن الحوار الذي دار بينها وبين والديها، وقد كان ردها مبالغ فيه قليلا، استشاطت غضبا قائلة:

"كيف له أن يعرفك؟ ومن أين يعرفك؟! هل تتحدثين معه بدون علمي؟ "

وكانت ردودها غير لائقة لدرجة أن زهرة انصدمت من ردة فعلها ولم تتوقع أن تغضب لهذه الدرجة! غادرت زهرة ورجعت إلى البيت وظلت تفكر حتى نال منها النوم.

وفي الصباح الباكر ذهبت لوالدها وأخبرته أنها موافقة؛ وبالفعل بعد مرور أسبوع تمت الخطوبة بحضور عائلتها والمقربون وحتى صديقتها ياسمين كانت بعد أن صالحتها وأخبرتها أن لا تغضب منها فهي لم تقصد إيذاء مشاعرها.

مرت سنة على الخطوبة وبعد أن تخرجت قررت زهرة وخطيبها أن يتزوجا، وقد أقيم حفل الزفاف ولكن بعدها بلحظات وقبل أن تزف زهرة لعريسها لفظت آخر أنفاسها ليتحول الزفاف إلى جنازة، كيف ذلك؟ وما الذي حصل معها؟!

قبل لحظات من موتها وهي في غرفة العروس دخلت عندها صديقتها وتبسمت لها زهرة قائلة:

" أهلا بك فراشتي سررت لقدومك"

"أهلا بك يا أجمل عروس..."

أخذوا الجثة إلى التشريح ومن ثم بدأت الشرطة في التحقيقات لتعرف سبب الوفاة هل هي جريمة قتل أم لا؟!

حققوا مع كل فرد من العائلة وخاصة صديقتها ياسمين، أثناء التحقيق أثار انتباههم طريقة كلامها وارتباكها وحينها بدأ الشك يداهمهم واعتبروها هي أول مشتبه به، لكن لم يخبروها بالأمر تحسبا لأي شيء، استمروا في التحقيق وأثناء التحقيقات خرجت وثيقة التشريح والتي تبين أن زهرة ماتت بالزجاج المدقوق حيث وجدوا في أمعاءها قطعا من الزجاج، وهناك ذهبت الشرطة لصاحب قاعة الزفاف وطلبوا منه أن يريهم الكاميرات الموجودة بالقاعة، تحققوا منهم، وفجأة!! لاحظوا شيئا؛ كانت ياسمين قبل دقائق من موت زهرة تخرج من غرفتها وهي مسرعة وهناك تأكدت الشكوك وفورا اعتقلوها.

داخل غرفة التحقيق، ياسمين مكبلة اليدين، بعد العديد من المحاولات والدليل الذي يدينها، اعترفت لهم كيف قتلتها؟ مردفة:

" نعم أنا من قتلتها، لطالما كانت هي من تأخذ مني الأضواء منذ الصغر، كانت محبوبة لدى الجميع ومتفوقة دائما، حتى أهلي دائما يقارنونني بها، كانت تحبني جدا ولكن أنا كنت أدّعي أنني أبادلها نفس الشعور، لازلت أذكر لما ذهبنا عند صديقتنا رقيّة ولما دخل أخوها ينادينا كيف كان يراقبها؟ وهي لم تنتبه ولكن أنا انتبهت، حتى الشخص

الذي تمنيته لي أخذته مني، وقرر أن يتزوجها هي وليس أنا!! حضرت لخطبتها مدّعية الفرحة ولكن لقد كنت أخطط لقتلها، انتظرت حتى يوم زفافها دخلت عندها للغرفة وأذكر كم كانت سعيدة بوجودي فقلت لها:

"أهلا بك يا أجمل عروس، انظري عزيزتي لقد أحضرت لك عصيرا يمدك بالطاقة حتى لاتتعبي، هذا لتعرفي أنني أفكر في مصلحتك، تفضلي عزيزتي...."

" اووو شكرا فراشتي، لقد كنت بحاجة لمشروب لكي أروي عطشي... "

"لقد كنت أراقبها حتى أكملت العصير، وماهي إلا دقائق حتى بدأت تتوجع وتناديني أن أساعدها لأنها تحس بمغص موجع جدا وكأن أمعاءها تتمزق، غافلة على أن داك المغص سببه أنني طحنت الزجاج ووضعته لها بالعصير، لم أكترث لها واستمريت في مراقبتها حتى لفظت أنفاسها الأخيرة..."

سلبت منها الدَعَة وأنعمتها بالهوادة للأبد.

علمتها الرماية كل يوم فلما اشتد ساعدها رمتها كقطعة خردة بالية، وكم علمتها نظم القوافي فلما عَزَفَتْها هَجَنَتْها، نادتها فراشة قلبها، فالفراشة تلون قلبها بالأَدْعَج وغدرتها فألقتها جثة هامدة.

أسوء ما في الخيانة؟ أنها لا تأتي من عدو، فلا تثق بأحد، فالكل يخون إن أتيحت له!

إمبراطورية الظلام

ميساء فتاة في مقتبل العمر طالبة جامعية، تمتاز بذكائها الحاد، تطفُّلها اتجاه أي شيء جعلها متفوقة دائمًا، وفي كل عام تتصدر المركز الأول، لكن تطفُّلها هذه المرة سيجعلها تقع في مستنقع الظلام "الداخل إليه مفقود والخارج منه مولود".

لطالما كانت مهووسة بعالم البرمجيات وكانت تحب أن تبحث في كل شيء يتعلق بهذا الأمر وتطور من مهاراتها لذلك اختارت أن يكون توجهها الجامعي هو "هندسة البرمجيات".

ذات يوم، عند خروجها من الفصل، أثار انتباهها تجمع أصدقائها في مكان منعزل بالجامعة وكان صديقها "عَلِيّ" معهم، انتابها الفضول حول موضوع حديثهم فذهبت لتشاركهم الحديث وترضي فضولها قائلة:

-"مرحبا يا أصدقاء!"

ليردوا عليها:

-"مرحبا بك.."

"عماذا تتحدثون هنا خلسة "

ليرد "عَلِيّ" مردفا:

"لقد كنت أحكي لهم عن شبكة إلكترونية اسمها "الديب وايب،" لقد حذرتهم ألا يدخلوا إلى هذا العالم أو الابحار فيه، وأن العمق فيه يسبب عواقب وخيمة وكلما ازداد العمق ازدادت معه كل الأشياء المظلمة..." ردت عليه والحيرة تتملكها :

"الديب ويب "....! ماهو؟!! "

"سأخبرك القليل عنه فقط، أعرفك يا ميساء سينتابك الفضول أكثر وستريدين الدخول إليه، إنني أحذرك من هذا فستقعين في ما لا يحمد عقباه!!! "

" آه عليك يا علي!! هيا لا تكثر الكلام أكثر! وزودني بمعلومات عنه...."

" يمكن تعريف الديب ويب أنه عبارة عن عالم خفي لا يخضع لأي شروط ولا لأي رقابة، ولا يمكن تعقبه أو تعقب مستخدميه ويتم استخدامه عادةً بطرق سرية وأسماء وهمية وحواسيب لا تتصل بشكل مباشر مع شبكة الأنترنيت الطبيعية، حيث يتم الدخول لهذه المواقع أو لعالم الديب ويب عن طريق برامج خاصة تخضع لبروتوكولات معينة غير التي تعمل على الشبكة العنكبوتية.

فالمواقع التي نتصفحها عادةً والموجودة بشكل فعلي على محركات البحث لا تمثل إلا نسبة ٥/١ من المواقع الفعلية على الأنترنيت، كما يمكن القول أن الديب ويب هو عبارة عن مواقع لا يمكنك الوصول لها عن طريق المتصفحات العادية، بل تحتاج لمتصفحات أخرى من نوع آخر، حيث لا يمكن أرشفتها على المتصفحات الاعتيادية مثل جوجل كروم وغيرها، ومن هذه المتصفحات التي تدخل للديب ويب:

متصفح Tor وهو من أكثر المتصفحات استخدامًا وأمانًا حيث يعمل على تشفير معلوماتك لتصفح مواقع الديب ويب وبحرية.

متصفح I2p ومتصفح Freenet.

فمستخدموا هذه المواقع عادةً لا يستخدمون أسماء حقيقية ولا يستخدمون حواسيبهم الشخصية المتصلة بالأنترنيت بل يتم استخدام حواسيب خاصة فقط بالديب ويب، كما أنهم لا يستخدمون ايميلاتهم الفعلية..."

-"ولكن لماذا هذا التعقيد ولماذا هذه السرية؟ ماذا سأجد في الديب ويب؟"

-"الجواب في الواقع أن هذه الشبكات تقدم كل شيء خارج القانون بالإضافة للعديد من المعلومات الاستخباراتية والحكومية التي لا يمكن لأي شخص الوصول لها، وهذا النوع

من المعلومات تستخدمه عادةً المؤسسات الاستخباراتية مثل الـFBI، وغيرها كما أن هناك العديد من المواقع غير القانونية والخطيرة مثل: مواقع تجارة المخدرات، مواقع تجارة الأسلحة، ومواقع تجارة الأعضاء البشرية وغيرها من المواقع...."

" اممم شكرا عَلِيّ على المعلومات لقد استفدت منها كثيرا وأشبعت فضولي قليلا.."

" العفو، أحذرك مرة أخرى أن تلجي هذا العالم فهو خطر عليك وعلى الجميع، أرجو أن يكون خطابي مفهوما!؟"

" نعم، نعم يا صديقي لا تخف عَلَيّ بل خف مني هههههه ...."

" إنني لا أمزح يا ميساء توخي الحذر هذه المرة، لا تلعبي بالنار، ها أنا قد حذرتك! "

ودعتهم قائلة:

" إلى اللقاء أراكم لاحقا..."

خرجت من الجامعة وذهبت إلى البيت، اتجهت إلى غرفتها رمت محفظتها، غيرت ملابسها وبدأت تفكر في ذاك العالم وتتساءل في قرارة نفسها:

" ياله من عالم غريب؟! هل فعلا ما قاله علي صحيح؟! هل هو خطر لهذه الدرجة؟! ماذا سيحدث إن دخلت؟!

لا، لا....، لن يحدث شيء فقط سأدخل لأكتشف وأخرج....."

لم تكترث لتحذير علي لها بأن لا تدخل، حملت حاسوبها وبدأت بالبحث في اليوتيوب عن "deep web" أو "dark net" تقريبا نفس الفيديوهات تتكرر فيها نفس الجملة وهي التحذير من الدخول، فأكيد جميع المتصفحات Google, Yahoo, Youtube كلها مواقع في الأنترنيت السطحي لن توصلها إلى أي شيء .....

اتجهت إلى المطبخ حضرت القهوة من أجل إكمال ليلتها في البحث فلن تنهي الموضوع هنا بل ستدخل بطريقة أو بأخرى، فلم تفكر بالعواقب؟! لكن اختارت أن تتبع تطفّلها

وترى بعينيها لتشبع غريزتها الفضولية وترتاح، أخذت القهوة وذهبت لغرفتها، حملت حاسوبها من جديد وأكملت القراءة عن هذا العالم الخارق للتصورات. استشفت أنه يحتوي على مواقع تبيع الأسلحة بثمن رخيص، هواتف، حواسيب، سيارات، لكن ما أثار انتباهها أنهم لا يتعاملون بالدولار أو الأورو عندهم عملة خاصة هي (بيتكوين) لكن من أين ستحضر هذه العملة !!!؟ قفلت الحاسوب من أجل أن ترتاح، والأسئلة تدور برأسها كيف يتعاملون بينهم؟ ومن هم؟!

في اليوم الموالي، لما رجعت من الجامعة، فتحت الحاسوب مرة أخرى، لأنها لا تزال مصرة على قرارها ولم تغيره، كان من الضروري أن تدخل بأونتي فيروس و VPN لتحمي نفسها لأن هذا الجزء الذي ستدخل إليه فيه خيرة القراصنة وحتى FBI.

اختارت المتصفح الذي ذكره علي في كلامه وهو TOR، قررت أنها لن تُحمِّل شيء ولن تتسجل في أي موقع، كان دخولها عادي كأي موقع، لكنه برنامج مختلف عن الذي كانت تعمل به، تم تسجيل الدخول وظهرت لها مواقع كتيرة :

* قاتل مأجور

* بيع المخدرات

ومواقع كتيرة لم تستطع حصرها، لكن توقفت عند آخر شيء قرأته وهو "Red Room" والتي تعني الغرفة الحمراء الدموية وهي من أخطر المواقع الموجودة في deep-web و بالتحديد في أعماق ديب ويب، فمثلا في هذا الموقع يقومون بتعذيب الناس على المباشر حسب رغبة المتفرجين الراغبين في مشاهدة هذا العرض الدموي، فقط مشاهدين عاديين دون أن يحكموا على الضحية المسكينة بأي شيء، وأقل ثمن لمشاهدة العرض هو ١ بتكوين أي ما يعادل ٣٠٠٠ دولار لحد الساعة، وهذا الرقم متغير حسب المناسبة، وهناك أشخاص آخرين يدفعون أضعاف هذا المبلغ للحصول على عضوية VIP ، هذا النوع من المشتركين هم الذين يحكمون على الضحية المسكينة بطريقة التعذيب التي يشتهونها، وهنا نتكلم عن أمثلة كنزع العينين والأسنان وتقطيع

الضحية، تكون أنفسهم متعطشة للدم، حيث أن الغرفة الحمراء فيها أكثر من ٤٠ آلة خاصة بالتعذيب مثل ما يوجد في فلم Saw، والمشتركين المهمين يتفننون في تعذيبهم حسب شهوتهم، حتى تموت تلك الضحية من كثرة التعذيب أو قد يضيف صاحب العضوية VIP المزيد من النقود لكي يقتل الضحية بالطريقة التي يرغبها؛ وطريقة التعذيب تكون على الهواء مباشرة. كلما أرادت أن تدخل للغرفة الحمراء يطلبون منها العملة وهي ليست لديها، عينيها التقطت فيديوهات مسربة من نفس المكان، رأت أسوأ المقاطع في حياتها رأت فتاة يقتلعون عينيها بالسكين وهي حية، وآخر نزعوا له أسنانه، وطفل آخر يقطعونه بالمنشار مثل الكبش، هؤلاء الضحايا يتمنون الموت بسرعة على أن يتم تعذيبهم بتلك الطريقة، الموت أرحم لهم من هذه المعاناة، خرجت من الفيديوهات بسرعة ووصلها إشعار فتجاهلته، لم تكتفِ هنا، لا بل مرت لأشياء أخرى لتعرف من أين يتم احضار ضحاياهم؟! وصلها الإشعار للمرة التانية فتحته وجدته عبارة عن رسالة ...

فما محتوى الرسالة يا ترى ؟؟؟

فتحت الرسالة ....

المجهول : مرحبا ميساء

استغربت كيف عرف اسمها وهي دخلت بالبرنامج المخفي، أرادت أن ترد عليه وتعرف من بعث الإشعار، حاولت أن تعرف الشخصية المجهولة التي تتواصل معها، لكن كل شيء مخفي مجرد حساب ليس فيه أي معلومة، رأت النجمة الموجودة في حسابه، نجمة سوداء مكتوب عليها " السفاح،" وسعت عينيها على آخرهم وقفلت الحساب ثم قامت بفرمطة الحاسوب بسرعة والرعب يسري في ذاتها، ظنت على أنها النهاية! لكن القصة لن تنتهي هنا، فقد أصبحت تحت أيدي مقرصن "الديب ويب" الملقب بالسفاح.

في مكان آخر، بعيد كل البعد عن حياتها العادية مكان مجهول وصعب أن تصل إليه، جالس في غرفة كلها رقمية، حواسيب كثيرة أمامه وشاشات كثيرة وسط عرض الحائط، يحيط عينيه على كل مكان، وهو يضع رجل فوق رجل وعلى فمه ابتسامة خبيثة

ومستمتع بتخريب نظام أحد الشركات، يضع على وجهه قناع الأنونيموس، في شاشة أخرى اتضح له شيء غير عادي، نظم جلسته و بدأ يدخل أكواد في الحاسوب بحكم احترافه في لغة البرمجة فيعمل فقط بالأصفار والآحاد (binary system).

جمع ابتسامته بعد أن إكتشف أن فضولي جديد يلعب بأشياء بعيدة عنه، اعتبره ذكي لأنه دخل ببرنامج VPN وأخد احتياطاته، فأخذ يعبث بالحاسوب من أجل أن يعرف من هو هذا المتطفل الذي يسخى بروحه؟! وبعد المحاولات الطويلة استشف أنها فتاة وعرف من تكون ومن هي وكل شيء عنها الآن هي بين يديه، فبعث لها رسالة وتوعد لها بمثل ذاك العذاب الذي تريد أن تكتشفه، هذه الأمور أخذت منه ساعات من وقته الشيء الذي أثار عصبيته ولم يجعله يتمتع بلذة الاختراق.

مر يومان على دخولها للموقع، تناست الأمر على أنها فقط أشبعت فضولها ولن يحدث شيء، وهي مسترخية في غرفتها وصلتها رسالة في هاتفها كان محتواها مثل ماكتب في ذاك الشعار

"مرحبا ميساء"

استغربت من هذا الشخص ومن أين جاء برقمها ... ردت :

"من أنت!!؟"

"أنا جحيمك ومرحبا بك في امبراطوريتي"

استغربت كثيرا ! ولن تنكر أن الرهبة والرعب تسلل لقلبها من رده، استعاذت بالله من الشيطان الرجيم ومسحت الرسالة ونامت ....، في صباح اليوم الموالي وهي ذاهبة إلى الجامعة صادفت عند باب منزلهم صندوقا انتابها الفضول !!!

فتحته لتجد رأسا بشريا ملطخا بالدماء، ارتجف جسمها من هول الصدمة وألقت بالصندوق فورا من كثرة الفزع، لتنبثر منه رسالة مكتوبة بخط دموي عريض " أنت ضحيتي الموالية،" رمت الرسالة من كثرة الرعب الذي تدفق في قلبها، لم تعرف ماذا ستفعل

وندمت أشد الندم على دخولها لتلك الشبكة " امبراطورية الجحيم"مثلما لقبتها وقالت:

" من الذي سيساعدني الآن للخروج من هذه الورطة التي ورطت نفسي فيها !!!! "
ظلت تفكر وتفكر ؟؟؟؟ أجل "عَلِيّ" ركضت بسرعة لصديقها عَلِيّ وأخبرته بكل ماحدث
معها ولما أخبرته بما وجدت في الصندوق ارتعش قلبه، وخاطبها معاتبا:

" ألم أقل لك لا تحاولي الدخول، ألم أحذرك ولكن فضولك الغبي ورطك في مشاكل أكبر
بكثير مما تتصورين..."

كان متأكدا أنها ستكون ضحية هذا المجنون الأحمق !!!

لترد عليه قائلة:

" كفاك الآن من العتاب! هل ستساعدني أم لا؟!"

قرر أن يساعدها لخبرته بهذا المجال، لكن الغبي لم يكن يعلم أنها بين أيدي أفضل
مقرصن في تلك الشبكة الجحيمية.

مرت ساعتين على لقائها بعَلِيّ، اتصلت به لتعرف إن كان الأمر قد انتهى؟! وسعت
عينيها من صوت المتكلم، ردت برجفة:" آآلو..."

" إن لم تأتِ إلى المكان الذي سأرسله لك ترحمي على صديقك، ولا يقول لك عقلك
الغبي أن تخبري أحدا؟! فلن تترحمي على واحد فقط بل على الجميع...."

طيط...طيط......، انقطع الخط.

رجف جسمها من الخوف ولعنت فضولها الذي أوصلها إلى هذه الحالة وندمت أشد
الندم، فبم سينفع الندم الآن؟!!! وقد عرضت حياتها وحياة صديقها إلى الخطر.

بينما هي في متاهتها وصلتها رسالة:

" كل دقيقة تمرّ ستحسب عليك....؟!"

ليس أمامها أي فرصة! فوضت أمرها لله وذهبت إلى المكان الذي أرسله لها!!!

لقد كان بناءً مهجورا، تملكتها الرهبة وادعت القوة فبدأت بالصراخ:

" هل من أحد هنا؟! عَلِيّ هل أنت هنا؟! عَلِيّ هل تسمعني؟!"

ما من مجيب فجأة!!

لمحت ظلا وراءها وقبل أن تتدارك الأمر وضع على وجهها منديلا ...... ، استفاقت من نومها لتجد نفسها مكبلة مررت أعينها على المكان وجدت نفسها في مكان مرعب، لدرجة بدأ جسمها يرتعش بشدة و اكتشفت في الأخير! أنها في الغرفة الحمراء وأنها الآن أصبحت ضحية من ضحاياهم، لتسمع أنينا خفيفا التفتت فوجدته صديقها عَلِيّ فبدأت بالصراخ:

" عَلِيّ، عَلِيّ، هل أنت بخير؟! سامحني أنا السبب" فانهارت وبدأت تبكي بشدة لحتى لفت انتباهها طقطقة حذاء قوي، رفعت وجهها ويا ليتها لم ترفعه! لقد كان يضع قناع الأنونيموس وكان مخيفا جدا، صرخت في وجهه قائلة:

"من أنت.."؟!

بدأ يقترب منها برفق، وهمس في أذنها قائلا:

" أنا جحيمك.... مرحبا بك في امبراطورية الظلام، سنلعب أنا وأنت لعبة، ستحاولين أن تفكي نفسك من الربطة، بالمقابل سأدع صديقك يعيش، ولكن مع كل محاولة ستشهدين على تعذيبه! فإن نجحت سأتوقف وسيعيش، يعني حياته مرهونة بك....."

حينها علمت أنها بين أيدي أفضل مقرصن الملقب بسفاح الويب.

لم تصدق ما قاله لها ردت عليه بنبرة مرتجفة:

"أأرجووك لا تفعل بي هكذا؟ لن أستطيع فقوتي لا تتحمل دعنا نذهب وأعدك أني لن أخبر أحدا عما حصل... أأرجوك ...."

قهقه عاليا:

"هاهاها... أنت من تطفلت عَلَيَّ ودخلت إلى امبراطوريتي، عليك تحمل العواقب الآن، وفري طاقتك لك ستحتاجينها، الوقت يمر عزيزتي..."

بدأ يتمتم قائلا:

"تيك طاك...تيك طاك.... تيك طاك..."

حمل ملقطا واتجه نحو عَلِيّ جلس القرفصاء ولامس يده وبدون أي مقدمات قطع أصبعا من أصابع يده، صرخ عَلِيّ من الألم، لتتبعه صرخاتها هي:

"لا، لا توقف أرجوك توقف ...."

فبدأت تحاول أن تفك يدها ولكن بدون جدوى ومع كل محاولة يستمر في تعذيب صديقها لم يكفه الأمر، علقه من يده ثم قام بتحويل جسده إلى كيس ملاكمة، بدأ يضرب ويضرب بدون توقف، حاولت جاهدة فك ربطتها وفشلت مرة أخرى فبدأت تنهار وهي تشاهد صديقها يمارس عليه أشد أنواع التعذيب، حاولت استلطافه ولكن لم تفلح....!!

"اممم، ما رأيك هل استمتعت بالمشهد؟! للأسف مرّ الوقت ولم تفكِ نفسك، سنجرب شيئا آخر لقد أعجبتني اللعبة! "

توجه من جديد لصديقها عَلِيّ، الذي غاب عن وعيه من شدة التعذيب والدماء تنسكب من جسده، صفعه في وجهه عدة صفعات لكي يستفيق ثم بدأ يقلع أسنانه واحدة تلو الأخرى بدون شفقة أو رحمة!

توالت الصرخات في تلك الغرفة حتى غابت عن الوعي! لم تستطع التحمل فغابت! ولم يكلف الأمر بضع دقائق لحتى لفظ عَلِيّ أنفاسه الأخيرة.....

تلذذ بموته، وتلذذ أكثر بمشاهدتها وهي تحاول فك نفسها بدون جدوى لحتى وقعت وغابت عن الوعي!

توجه إليها ولكن قبل أن يبدأ في تعذيبها جاءه اتصال وفتح السماعة:

" عليك الخروج من هناك فورا... ذاك الغبي وضع جهاز الترقب بجسده ليجدوه بعدما ترك لهم رسالة...."

انصدم من الردّ كيف لم ينتبه؟!

قبل أن يخرج أخذ يدها ووشم اسمه على يدها "السفاح" لكي تتذكره دائما ولا تحاول نسيان ما حدث.......! وترك لها رسالة مفادها:

" لقد انكتب لك عمرا جديدا، استمتعي بما تبقى من حياتك القادمة لربما ستموتين على يدي في يوم من الأيام..."

انصرف وتركها هناك! لقد تم إنقاذها ونجت بأعجوبة بفضل صديقها الذي تصرف بذكاء وأنقذها.

مات عَلِيّ وعاشت ميساء مع تعذيب الضمير ونفسيتها المحطمة وخوفها من الغد! فكلما نظرت إلى يدها ترتجف خوفا من القادم!

الفهرس